O HOMEM INVISÍVEL

Título original: *The Invisible Man*

Direção Editorial *Ethel Santaella*
Revisão *Denise Camargo*
Texto de capa *Dida Bessana*
Imagem da Capa *Dmitrip / Shutterstock*
Diagramação *Estúdio Dupla Ideia Design*

Dados Internacionais de Catalogação na Publicação (CIP)
(Câmara Brasileira do Livro, SP, Brasil)

Wells, H. G., 1866-1946
O homem invisível / H. G. Wells ; tradução Monteiro Lobato. -- 1. ed. -- São Paulo : Lafonte, 2021.

Título original: The invisible Man
ISBN 978-65-5870-147-7

1. Ficção inglesa I. Título.

21-74880 CDD-823

Índices para catálogo sistemático:

1. Ficção : Literatura inglesa 823

Aline Graziele Benitez - Bibliotecária - CRB-1/3129

Editora Lafonte
Av. Profª Ida Kolb, 551, Casa Verde, CEP 02518-000
São Paulo - SP, Brasil – Tel.: (+55) 11 3855-2100
Atendimento ao leitor (+55) 11 3855-2216 / 11 3855-2213 – atendimento@editoralafonte.com.br
Venda de livros avulsos (+55) 11 3855-2216 – vendas@editoralafonte.com.br
Venda de livros no atacado (+55) 11 3855-2275 – atacado@escala.com.br

Impressão e Acabamento
Gráfica Oceano

O HOMEM INVISÍVEL

HG WELLS

tradução
MONTEIRO LOBATO

Lafonte

Brasil – 2021

CAPÍTULO I

A chegada do homem estranho

MUITO CEDO NAQUELA TRISTE MANHÃ DE FEVEREIRO — MANHÃ de vento e neve, justamente a última nevada do ano —, uma estranha criatura entrou no albergue. Viera a pé da Bramblehurst Station, trazendo uma pequena mala preta. Bem encastoado da cabeça aos pés, luvas grossas, aba do chapéu de feltro a esconder-lhe a cara toda exceto a ponta luzidia do nariz. A neve acumulara-se em seus ombros e no peito. Entrara cambaleante pelo Coach & Horses, mais morto que vivo, e jogara a mala a um canto, pedindo pelo amor de Deus um quarto e fogo. Depois bateu os pés, sacudiu-se da neve e acompanhou a sra. Hall ao escritório para regular o trato. Lá jogou sobre a mesa dois soberanos e recebeu a indicação do seu aposento.

A sra. Hall atiçou o fogo da lareira e, deixando-o na sala, foi preparar ela mesma a refeição. Hóspede ali em Iping durante o rigor do inverno era avis rara, ainda mais hóspede nada forreta; isso a estimulava a mostrar-se merecedora da honra insigne.

Enquanto o bacon e os ovos se frigiam e a pálida Millie ia ouvindo os ralhos do costume, a sra. Hall pôs a mesa, arrumando toalha e pratos com desusada vivacidade. O fogo estava bem forte e a sala já bem aquecida. Mesmo assim o homem conservava-se de sobretudo e chapéu na cabeça, com os olhos na neve que caía no pátio. Tinha às costas as mãos enluvadas e parecia absorto em cismas. Notando que a neve que se derretia em seus ombros pingava gotas sobre o tapete, a sra. Hall sugeriu:

— Não quer tirar o sobretudo e o chapéu para que se enxuguem na cozinha?

— Não — respondeu o homem sem voltar-se, e tão baixo que a sra. Hall chegou a entreabrir a boca para repetir a pergunta. Nisso ele se voltou e disse categórico: — Prefiro não tirar coisa nenhuma.

Nesse momento, a sra. Hall viu que seus óculos e a barba espessa lhe ocultavam completamente o rosto.

— Como queira, meu senhor. Daqui a pouco a sala estará quente demais.

O homem nada respondeu; limitou-se a voltar à posição primitiva. Vendo que ele não estava para prosas, a sra. Hall completou o arranjo da mesa e foi à cozinha buscar os ovos. De volta, encontrou-o na mesma posição, como se fosse de pedra, sempre de gola erguida e chapéu desabado. A sra. Hall pôs na mesa os ovos com bacon e disse em tom teatral:

— O lanche está servido, senhor.

— Obrigado — foi a resposta do homem de pedra, que não se mexeu do lugar enquanto a hospedeira se conservou na sala. Só depois que a viu retirar-se é que se dirigiu à mesa e com alguma precipitação.

Ao atravessar a copa, a sra. Hall ouviu um chique, chique, chique de colher em tigela.

— A pasmada! — murmurou, e entrando na cozinha tomou das mãos de Millie a tigela de mostarda. — Lerda como sempre. Já fritei os ovos e o bacon, já pus a mesa e o mais, e a mostarda ainda neste ponto! E isto com um hóspede que paga adiantado e promete render. Num ápice aprontou a mostarda, pô-la na mostardeira e levou-a para a sala na melhor bandeja que havia, uma de frisos dourados.

Ao penetrar na sala, viu o hóspede abaixar-se de súbito como para apanhar qualquer coisa que houvesse caído. Colocou diante dele a mostarda e notou que o sobretudo e o chapéu estavam numa cadeira perto do fogo. Também viu lá as botas, a estorricarem-se junto ao guarda-fogo. Foi recolher aquilo, murmurando em tom de não admitir réplica: — Seco já isto lá na cozinha.

— Deixe o chapéu — ordenou o homem em voz amordaçada.

Surpresa, a sra. Hall voltou-se e o viu já erguido a encará-la. Ficou estarrecida. O hóspede tinha a boca tapada com um lenço que lhe escondia toda a parte inferior do rosto. Mas não foi isso o que a assustou, e sim o fato de ter a testa enfaixada, e abaixo dos óculos outra faixa que lhe escondia todo o rosto e as orelhas, só deixando à mostra o nariz luzidio. Um nariz muito vermelho. Quanto ao mais, trajava casaco de veludo escuro e um colarinho de engolir o pescoço. Os cabelos mostravam-se em mechas louras, escapas por entre os vãos do enfaixamento. Tudo aquilo dava ao seu hóspede o mais estranho dos aspectos.

Não tirava da boca o lenço e foi sempre a sustê-lo com a mão enluvada e a olhá-la com aquele seu estranho modo de olhar, que repetiu a ordem no mesmo tom amordaçado:

— Deixe o chapéu!

Os nervos da sra. Hall a custo se recobravam do choque recebido. Largou o chapéu na cadeira, desculpando-se:

— Eu não sabia que... — mas não pôde concluir a frase.

— Obrigado — murmurou o homem secamente, com os olhos alternativamente nela e na porta.

— Eu secaria tudo num instante, meu senhor — disse a sra. Hall, saindo com o sobretudo e as botas, não sem uma última olhadela para a cabeça enfaixada. Foi com um arrepio a percorrer-lhe a espinha que fechou a porta sobre si.

— Nunca imaginei coisa assim! — murmurou consigo, com a surpresa e a perplexidade impressas nos olhos; e tão preocupada entrou na cozinha que até se esqueceu de ralhar com a Millie.

O hóspede ficou uns instantes atento ao rumor dos seus passos; em seguida, espiou do lado da janela. Só então tirou da boca o lenço e retomou a refeição interrompida. Após uma garfada, ergueu-se para ir baixar completamente os estores, desse modo aumentando o escuro da sala. Mostrou-se então mais sossegado.

— O filho de Deus teve algum desastre ou operação, qualquer coisa assim. Que susto me fez aquela faixaria pelo rosto! — ia murmurando consigo a sra. Hall enquanto abria o sobretudo sobre um cavalete junto ao fogão. — E os tais óculos! Mais parece um judas que um homem... Pendurou depois as botas, acrescentando: — Falava amordaçado... Deve estar também com a boca ferida ou aleijada.

Súbito, voltou-se, como quem se lembra de qualquer coisa: — Já fez a cama do hóspede? Essa pasmada!...

Quando a sra. Hall regressou à sala para retirar a mesa, sua ideia de que a boca do homem também estava doente confirmou-se, pois, embora estivesse a fumar o seu cachimbo, mantinha o lenço na mesma posição. E não era por esquecimento, visto que estava bem alerta, a seguir no ar as volutas da fumaça. Conservava-se de costas para a janela e falava com menos agressividade, agora que comera e bebera bem.

— Tenho a bagagem na Branblehurst Station — disse ele — e preciso que a tragam para aqui.

— Só amanhã, meu senhor — respondeu a sra. Hall.

— Não poderá ser hoje mesmo? Não haverá por aqui algum carrinho de mão? — insistiu ele, mostrando-se desapontado com o não da hospedeira.

— Carro, o que havia se foi. Faz já um ano que o único carro existente por aqui despenhou-se ladeira abaixo, matando um homem e o cocheiro. Há coisas neste mundo que acontecem num instantinho, o senhor bem sabe — acrescentou, como para provocá-lo a contar o que lhe acontecera.

O hóspede, entretanto, não se abria com facilidade; limitou-se a concordar que sim, sempre com aqueles impenetráveis vidros dos óculos voltados para ela.

— Mas não duram, essas coisas; saram logo e é o que vale — continuou a mulher. O Tom, filho de minha irmã, foi assim. Cortou-se num alfange: tropeçou em cima num campo de feno e teve de passar três meses de perna amarrada. Uma tragédia, senhor. Por essas e outras é que tenho horror a alfanges.

— Imagino — disse o hóspede.

— Tivemos até medo de que fosse necessária uma operação, tão mal ficou o filho de Deus!

O hóspede riu-se, uma risada latida e que parou de brusco. — Sim? — murmurou depois.

— É verdade, meu senhor. E não era nada de rir, com o muito que já tínhamos feito por ele. Minha irmã, coitada, viveu em apuros. Eram faixas e mais faixas de gaze, e curativos todo o santo dia. Por isso é que...

— Pode arranjar-me uma caixa de fósforos? — interrompeu o homem.

A Sra. Hall irritou-se com a desatenção e já ia abrindo a boca para "uma boa"; a lembrança, porém, dos dois soberanos tão amarelinhos fê-la engolir o revide e sair muito tesa em busca dos fósforos.

— Obrigado — disse concisamente o hóspede ao recebê--los, e de novo virado para a janela imobilizou-se em silêncio. Era evidente que se ressentia de ouvir falar em faixas e curativos, mas isso não era motivo para mostrar-se malcriado. E assim pensando a sra. Hall foi desabafar a irritação sobre a pobre Millie.

Ficou o hóspede naquela sala até quatro horas sem dar a menor explicação da sua atitude. Sempre calado e imóvel, cochilando. Uma ou duas vezes veio para perto das brasas, e por espaço de cinco minutos passeou pela sala. Depois, sentou-se na cadeira de braços e deixou-se ficar sem um movimento.

CAPÍTULO II

As primeiras impressões do sr. Teddy

Quando, ali pelo escurecer, a sra. Hall mobilizava toda a sua coragem para ir indagar do hóspede se queria o chá, Teddy Henfrey, o relojoeiro, entrou.

— Com mil diabos, sra. Hall. Está um tempo horrível. Neve de doer.

A hoteleira concordou e, vendo que o moço trazia na mão a maleta do ofício, disse:

— Já que está aqui, sr. Henfrey, seria bom que desse uma espiada no relógio da sala; anda e bate as horas direitinho; mas o ponteiro pequeno não sai das seis — e levou-o para lá.

Ao entreabrir a porta, a sra. Hall vislumbrou o hóspede a dormitar na poltrona, diante da lareira, com a cabeça enfaixada pendida sobre o ombro. Nenhuma lâmpada acesa. O fogo da chaminé punha em tudo tons rubros, fortemente contrastados de sombras. A sra. Hall vinha com os olhos ainda ofuscados do lampião que estivera a acender no bar, de modo que ao entreabrir a porta teve a impressão indistinta de que enorme boca escura invadia a parte inferior do rosto do hóspede. Impressão momentânea, porque o homem imediatamente se aprumou na poltrona e levou a mão à boca. A sra. Hall abriu de todo a porta, inundando a sala com a luz do bar, e pôde então ver mais distintamente o hóspede, já com a boca tapada pela manta que trazia ao colo, como na mesa a tapara com o guardanapo, convencendo-se de que se havia enganado na sua primeira impressão.

— Dá licença, senhor, que este moço veja o relógio? — murmurou a sra. Hall recobrando seus espíritos.

— Veja o relógio? — repetiu o hóspede, olhando em redor no estremunhamento de quem sai dum cochilo. E depois, já senhor de si: — Pois decerto.

A sra. Hall foi em busca de uma lâmpada, enquanto o hóspede se erguia num espreguiçamento. Ao voltar com a luz, introduziu o sr. Henfrey, que, ao dar com o homem, "estarreceu", como o confessou mais tarde no inquérito.

— Boa noite — disse-lhe o hóspede, olhando-o com "cara de lagosta"; o relojoeiro também confessou no inquérito que aqueles olhos negros naquela cabeça enfaixada lhe causaram uma verdadeira impressão de lagosta.

— Um instante só, senhor. Não pretendo incomodá-lo por muito tempo — disse Henfrey.

— Não incomoda — tornou o hóspede! E, depois, voltando-se para a sra. Hall: — Apesar de que quero este cômodo só para mim, sem que ninguém venha perturbar-me.

É que o relógio estava desarranjado e pensei que... — começou a justificar-se a mulher.

Sei, sei — cortou o hóspede. — Apenas a estou prevenindo de que não gosto de ser perturbado.

E voltou-se contra a lareira, de mãos às costas, acrescentando:

— E depois de acabado o conserto quero que a senhora me sirva o chá. Mas só depois, veja lá.

A sra. Hall assentiu de cabeça, e fez movimento para retirar-se; não queria puxar prosa com receio de que o hóspede lhe dissesse algo desagradável na presença do moço; ele, porém, a deteve para indagar da bagagem ainda na estação.

— Tudo providenciado, senhor. Amanhã cedo estarão aqui as suas malas.

— Está bem certa disso? — insistiu ele, e diante da resposta um tanto fria da hoteleira ajuntou: — Devo dizer-lhe, minha senhora, que sou um investigador experimental. Não expliquei isto no momento da chegada, como me cumpria, por estar literalmente enregelado. Investigador experimental, entende?

— Sim? — fez a sra. Hall, muito impressionada, arregalando os olhos.

— E minha bagagem contém numerosos aparelhos científicos e drogas.

— Coisas muito úteis, senhor — comentou a hoteleira.

— Sendo assim, a senhora compreende que eu deva estar ansioso para prosseguir em minhas investigações.

— Pois decerto, senhor.

— A razão da minha vinda a Iping — continuou o homem, com certa decisão no tom — foi a necessidade de sossego. Não posso ser perturbado em meus estudos. Houve também um acidente...

"Exatamente o que imaginei", pensou consigo a sra. Hall.

— ... que me obriga a fugir da sociedade. Meus olhos tornam-se às vezes tão fracos e doridos que tenho de permanecer no escuro durante horas. Não sempre, mas lá de vez em quando. Nessas ocasiões, a menor perturbação — a entrada, por exemplo, de um estranho em meu quarto — constitui para mim verdadeiro suplício. É o que desejo que a senhora compreenda.

— Pois decerto, senhor, e se me desse licença para uma pergunta...

— Basta por hoje — interrompeu o hóspede incisivamente, fazendo a sra. Hall deixar a pergunta para outra oportunidade.

Depois que a sra. Hall saiu da sala (depôs mais tarde o relojoeiro), o hóspede permaneceu de pé junto ao fogo, a atentar no serviço. O sr. Henfrey trabalhava com a lâmpada bem perto do rosto, e o abajur verde projetava toda a claridade sobre suas mãos e sobre o maquinismo do relógio, deixando o resto da sala na penumbra. Quando Henfrey erguia os olhos, quase nada via, com a retina ofuscada de manchas verdes. Esse rapaz era curioso por temperamento, de modo que desmontara o relógio sem necessidade, apenas para retardar a permanência ali, na esperança de travar conversa com o misterioso hóspede. Este, porém, não lhe dava ensanchas; conservava-se absolutamente imóvel e silencioso. Tão imóvel e silencioso que Henfrey súbito se afligiu como se estivesse sozinho e ergueu os olhos como a verificar se o hóspede não havia desaparecido. Não. Lá estava ele, com a cabeça enfaixada, a cara de lagosta, imóvel. Henfrey baixou de novo os olhos para o serviço. Depois ergueu-os. E tornou a baixá-los. Era desagradável a situação. O moço sentia a necessidade da troca de algumas palavras, sobre o tempo, que fosse. E começou:

— A neve parece que...

O homem cortou-lhe a frase rispidamente.

— Por que motivo não conclui seu trabalho, moço? Tudo quanto tem a fazer é fixar o ponteiro das horas no eixo. Qual a razão de estar empalhando?

— Um minuto mais, senhor — respondeu Henfrey atarantado. — É que eu precisava ver se não havia algum outro desarranjo interno.

E tratou de concluir o conserto e raspar-se, muito desapontado. Foi para casa amassando a neve e resmungando consigo.

— Há cada um!... Que homem! Nem olhar para ele a gente pode. Horrível. Com certeza anda assim todo amarrado para esconder-se da polícia. Há de ser isso, vão ver...

Na esquina da Rua Gleeson, encontrou o sr. Hall, o marido da hoteleira, que agora guiava o único veículo de Iping quando alguém o requisitava. Naquele momento, vinha de volta da estação e parara em Sidderbridge para um descanso.

— Olá, Teddy! — exclamou ele.

— Está em sua casa uma curiosidade bem interessante, sr. Hall — respondeu o moço.

— Quê?

— Um hóspede dos raros, lá no albergue. Meus parabéns, — disse o relojoeiro, e deu uma pitoresca descrição do hóspede. — Parece-me disfarçado, isso sim. Eu primeiro examinaria a cara dos viajantes antes de recebê-los, se tivesse hotel. Mas as mulheres confiam demais, quando se trata de estrangeiros. Lá se aboletou o fantasma, sem sequer dar o nome.

— Que é que está dizendo? — murmurou o sr. Hall, que era um bruto de compreensão tarda.

— Estou dizendo o que disse. Tomou quarto por uma semana e, seja ele lá quem for, ninguém se livra da sua presença por sete dias. E amanhã chega a sua bagagem. Que não traga só pedras nas canastras são os meus votos, Hall.

Em seguida, Teddy contou o caso de uma sua tia de Hastings, lograda por um estrangeiro daquela marca, em cujas canastras só havia vácuo, e essa história deixou o marido da sra. Hall tomado de vagas suspeitas.

— Aquela mulher! — murmurou ele. — Tenho de ver a coisa de perto.

Teddy seguiu seu caminho já com a alma aliviada pelo desabafo. Quanto a Hall, em vez de "ver a coisa de perto" levou mas foi uma descompostura da esposa por haver demorado em Sidderbridge mais do que devia; suas maneirosas perguntas foram respondidas com impertinência. Mesmo assim as sementes da suspeita que Teddy lançara em seu espírito continuaram a germinar.

— Vocês, mulheres, não sabem de tudo, como julgam — concluiu ele, decidido a arrancar qualquer informação sobre o hóspede; e depois que o viu recolher-se, ali pelas nove e meia, penetrou agressivamente na sala, correndo os olhos pelos móveis como para demonstrar a si próprio que o hóspede não mais estava senhor da praça, e examinou um papel com cálculos que ali ficara. Em seguida, foi dizer a sra. Hall que não deixasse de espionar muito bem a bagagem a vir no dia seguinte.

— Cuide da sua vida, entende? — respondeu-lhe a esposa em tom cortante. Cuide lá da sua que eu cuido da minha.

O marido teve de pagar o pato, porque na realidade a sra. Hall não estava nada segura da identidade do hóspede, nem tranquila a seu respeito. Lá pelo meio da noite despertou sobressaltada por um pesadelo em que enormes nabos brancos a perseguiam, espetados em intermináveis pescoços e com imensos olhos escuros. Mas, como fosse criatura de grande equilíbrio de nervos, libertou-se logo dos terrores e adormeceu, voltada para o outro lado.

CAPÍTULO III

Mil e uma garrafas

FOI, PORTANTO, A 29 DE FEVEREIRO, QUANDO A NEVE ACUMULADA nas ruas começava a fundir-se, que aquele estranho indivíduo caiu em Iping, como um bólide cai dos intermúndios. No dia seguinte, chegou a sua bagagem, bagagem notável. Um par de canastras comuns, como as de todos os viajantes; mais um caixão de livros volumosos, alguns deles manuscritos; e uma dúzia de caixas e engradados com objetos empalhados. Cheio de curiosidade, Hall arredou a palha e só viu frascos. O hóspede, sempre en- castoado dentro do seu excesso de roupas, de chapéu na cabeça, golas erguidas e luvas, veio ao encontro do carroceiro Fearenside, sem dar tento no cachorro que andava por ali farejando as pernas de um e de outro.

— Andem com isso. Já estou cansado da espera — disse ele descendo e fazendo menção de tirar da carroça um dos menores volumes.

Foi quando o cachorro o viu e imediatamente arrepiou-se e rosnou e avançou e o mordeu.

— Passa fora! — gritou o sr. Hall, sem aproximar-se, porque tinha muito medo aos cães, e nisso foi secundado por Fearenside, que ergueu o chicote e berrou um enérgico "Sai!". A dupla repulsa, entretanto, de nenhum modo impediu que os dentes do cachorro ferrassem a mão e a perna do hóspede, rasgando-lhe uma luva e a calça. A ponta do chicote de Fearenside pegou-se de longe, fazendo-o largar a presa e ir esconder-se, ganindo, debaixo da carroça. A cena transcorreu num relance, por entre gritos de todos. O hóspede olhou para a perna mordida e, levando a mão como a tapar a calça rasgada, virou nos calcanhares e sumiu-se pelo albergue adentro. Ouviram-no subir precipitadamente as escadas sem tapete.

— Estúpido! — gritava Fearenside, saltando da boleia de chicote em punho, enquanto o cachorro se agachava defensivamente embaixo do veículo. — Venha cá!

Hall estava tonto, sem saber como agir.

— O homem foi mordido — dizia ele. — Acho melhor ir vê-lo — e depois de alguma vacilação galgou a escada. De passagem deu com a esposa, à qual disse atropelada- mente: — O cachorro do Fearenside! Mordeu-o!...

Lá em cima encontrou o quarto do hóspede com a porta entreaberta e entrou sem maior cerimônia, num impulso muito natural de simpatia.

O estore da janela estava descido, de modo que havia escassa luz no aposento. Mesmo assim, o sr. Hall divisou algo bastante singular: um braço sem mão que se erguia no ar e um corpo que era uma mistura de manchas brancas e negras, muito semelhante a certo amor-perfeito. O braço avançou contra ele e esmurrou-o no peito com violência, fazendo-o recuar, e a porta fechou-se-lhe na cara com estrondo. Tudo tão rápido que na memória do sr. Hall só ficou aquele misto de formas incompreensíveis, o soco no peito e a batida da porta. E ali no corredor ficou ele, apatetado, sem saber o que pensar.

Instantes depois descia a reunir-se ao grupo formado em torno de Fearenside, que pela segunda vez narrava o incidente do cachorro. A sra. Hall protestava contra a violência feita contra seu hóspede. Huxter, um cigarreiro vizinho, ouvia tudo interrogativamente. Sandy Wadgers, de uma oficina próxima, atentava com ares de juiz. Havia ainda mulheres e crianças que diziam utilidades, como: "A mim é que ele não morde. Queria só ver isso"; ou: "Por que é que deixam andar pela rua cachorros assim?".

O sr. Hall parou à porta, olhando para aquilo com o pensamento ainda na visão fantástica que tivera no quarto do hóspede e já a duvidar dos seus próprios olhos; e, quando sua esposa lhe perguntou o que era, limitou-se a responder que o homem lá em cima não queria que ninguém se ocupasse com ele. Em seguida, gritou para Fearenside:

— O melhor é descarregar isso logo!

— Ele deve cauterizar a mordedura — advertiu o sr. Huxter —, sobretudo se já está inflamando.

— Eu matava o cachorro — declarou uma mulher. — Ah, isso matava mesmo. Não vê que ia ficando assim.

Nisso o cachorro pôs-se a rosnar novamente, arrepiado, e logo em seguida uma voz colérica berrou da escada: — Andem com isso! — Era o hóspede, que já se arrumara e reaparecia, todo embrulhado como antes. — Quanto mais depressa acabarem com isso, melhor.

Todos viram que havia mudado de calças e trazia nas mãos outra luva.

— Está ferido, senhor? — quis saber Fearenside. — Sinto muito o que aconteceu.

— Não estou ferido nada — respondeu o hóspede. — Nem um arranhão. Mas andem com isso — e ainda resmungou qualquer coisa, como mais tarde depôs o sr. Hall.

Logo que a primeira caixa foi trazida para a sala, o hóspede abriu-a ansiosamente e pôs-se a tirar o que havia dentro, sem nenhuma atenção para com o tapete da sra. Hall, sobre o qual jogava a palha. E foram saindo garrafas e frascos de todos os tamanhos e formas, cheios de líquidos de todas as cores, alguns com a etiqueta VENENO. Frascos de todos os feitios imagináveis, bojudos, achatados, esguios, de gargalo curto ou longo, de rolhas de cortiça, de vidro ou de borracha, o mais variado sortimento que se possa imaginar. E eram colocados onde cabiam: na mesa, no mantel da lareira, no peitoril das janelas, numa estante de livros e pelo chão. A farmácia local não podia gabar-se de possuir tanta garrafaria. As caixas pareciam que só continham aquilo, pois até a sexta só saiu aquilo. Depois apareceram tubos de vidro de vários formatos e uma balança cuidadosamente empacotada. A palha do acondicionamento já formava um monte da altura da mesa.

Logo que tudo saiu das caixas, o homem foi para perto da janela e pôs-se a trabalhar, indiferente a tudo mais, sem atiçar o fogo que estava a extinguir-se, nem amontoar a palha que cobria o chão e lhe atrapalhava os passos.

Quando a sra. Hall foi levar-lhe o jantar, ele se achava de tal modo absorvido no trabalho, a pingar gotas de um líquido numa ampola, que nem a percebeu. Só a viu depois que ela fez caminho por entre a palha e depôs na mesa a refeição, e viu-a de relance, num furtivo voltar de rosto. Apesar de rápido esse movimento, a sra. Hall pôde notar que estava sem óculos e que no lugar dos olhos só havia manchas pretas, como de sombra, ou ocas. O hóspede imediatamente recolocou os óculos escuros e então voltou-se para ela, justamente no instante em que a hoteleira ia abrindo a boca para queixar-se da sujeira do quarto.

— Peço-lhe o favor de nunca entrar sem bater — disse o homem no tom de cólera represa que lhe parecia habitual.

— Mas eu bati. O senhor é que não ouviu — defendeu-se a sra. Hall.

— Pode ser. Mas as minhas pesquisas, importantíssimas e urgentes, exigem que eu não seja perturbado nem por um abrir de porta. Por esse motivo, insisto em que...

— Já sei, já sei — replicou a mulher. — O melhor então será fechar-se por dentro à chave.

— Excelente ideia — concordou o hóspede.

A Sra. Hall vacilava; depois criou coragem e disse:

— Esta palha, senhor...

— Não continue — interrompeu o homem. — Se esta palha a incomoda, ponha-a na conta — e resmungou ainda qualquer coisa, com certeza pragas.

Era tão impressionante aquele homem agressivo de pé ali no quarto, com um frasco misterioso numa das mãos e uma ampola na outra, que a sra. Hall teve medo. Mas como fosse mulher resoluta, dominou-se e disse:

— Nesse caso eu desejava saber, senhor, quanto devo cobrar.

— Um xelim, lance na minha conta um xelim. Não acha bastante?

— Está dito — respondeu a sra. Hall, começando a pôr a toalha na mesa. — Se o senhor concorda com isso, está direito.

O homem voltou a sentar-se.

Toda a tarde trabalhou com a porta fechada e em silêncio, como mais tarde depôs a sra. Hall. Em certo momento, porém, ela ouviu lá dentro um barulho de garrafas que se entrechocavam, como se a mesa houvesse levado um tranco, e a seguir ouviu barulho de vidros que se quebram. Receosa de que houvesse acontecido qualquer coisa, subiu e ficou a escutar junto à porta, sem ânimo de bater.

“Não posso continuar” — dizia lá dentro o homem, falando consigo mesmo. “Não posso, não. Trezentos mil! Quatrocentos mil! A enorme multidão! Estou roubado! Lá se vai toda a minha vida!... Paciência, paciência, louco...".

Rumor de botas ferradas no bar fez com que a sra. Hall deixasse de mau humor o seu posto de observação e descesse. Quando tornou, o quarto do hóspede estava em silêncio. O misterioso homem havia retomado o curso das suas pesquisas.

Mais tarde, ao levar-lhe o chá, a sra. Hall viu vidros quebrados a um canto, debaixo do espelho grande, e certa mancha amarela no chão, com sinal de ter sido raspada. Como fosse coisa que lhe estragasse o assoalho, a boa hoteleira não vacilou em chamar a atenção do hóspede para aquilo.

— Ponha na conta e, pelo amor de Deus, não me aborreça. Qualquer coisa que represente prejuízo para sua casa, ponha-me na conta — respondeu ele, reabsorvendo-se na leitura de umas notas.

— Tarde da noite, no pequeno bar Iping Hanger, Fearenside confidenciava com ar de mistério.

— Vou dizer uma coisa, muito aqui entre nós.

— Que é? — sussurrou Teddy Henfrey com a curiosidade acesa.

— O tal, o tal que meu cachorro mordeu é negro. Pelo menos as pernas são pretas como carvão. Vi isso quando a luva se rasgou e também a calça da perna esquerda. Vi pelo rasgão que é tudo preto por dentro. Preto como este chapéu...

— Um caso de dar dor de cabeça na gente — advertiu o

relojoeiro. — Seu nariz é vermelho demais, vermelho como se fosse pintado de carmim.

— Isso mesmo — tornou Fearenside. — Sei disso. Cá para mim ele é pampa. Um mestiço de branco e preto. Mas a pretura não se misturou com a brancura. Ficou bem preto nuns pontos e brancos noutros. Malhado. E por isso encapota-se daquela maneira. De vergonha. Isso de ter duas cores misturadas é comum nos cavalos. Já tive um cavalo assim — preto e branco...

CAPÍTULO IV

Sr. Cuss entrevista o estranho

Contei minuciosamente as peripécias da chegada do estranho hóspede a Iping para que o leitor compreenda a curiosa impressão que ele causou. Sua estada lá, entretanto, correu sem novidades, salvo em duas ocasiões, até o dia da festa dada pelo clube local. Teve ele ainda alguns atritos com a sra. Hall, do tipo dos já narrados, mas até fins de abril, que foi quando o dinheiro lhe começou a escassear, a todos resolveu pagando. Um extra na conta e pronto. O sr. Hall não gostava dele e sempre que podia falava em pô-lo fora do albergue; mas revelava essa antipatia muito discretamente, evitando-o apenas.

— Esperemos até o verão, que é quando chegam os artistas — aconselhava ela ao sr. Hall. — Então veremos. Ele pode ser o que você diz, mas paga as contas pontualmente e com todos os extras.

O hóspede não ia à igreja nem distinguia os domingos dos dias úteis. Trabalhava por acessos, conforme depôs a sra. Hall. Às vezes levantava-se cedo e passava o dia inteiro imerso no trabalho. Outras vezes levantava-se tarde e passeava horas pelo quarto, sem fazer nada a não ser cochilar na poltrona junto à lareira. Nenhuma comunicação com o mundo externo, e sempre veneteiro. Desigual de gênio. Em regras, porém, mantinha-se irritado, quebrando vidros e rasgando papéis em acessos de violência. Também frequentemente falava sozinho, mas a sra. Hall nunca pôde compreender coisa nenhuma dos seus estranhos solilóquios.

Era raro que saísse de dia; só ao escurecer costumava dar suas voltas, agasalhadíssimo da cabeça aos pés, fizesse frio ou não, e só passeava pelos sítios mais desertos e sombreados de árvores. Um ou outro transeunte que com ele sc cruzasse ia-se com arrepios como quem vê fantasma. Certa noite, Teddy Henfrey, ao deixar o Scarlat Coat, deu com ele de chofre e apanhou um susto; aquela cabeça (vinha de chapéu na mão o homem) pareceu-lhe caveira de defunto, vista de relance sob o feixe de luz de uma porta entreaberta. Os meninos tinham-lhe pavor e sempre que o viam eram assaltados de pesadelo durante a noite. Em regra, todos o evitavam com o mesmo cuidado com que ele evitava a todos.

Compreende-se que um tão extraordinário personagem se tornasse o exclusivo tema das conversas num lugarejo como Iping. As opiniões a seu respeito dividiam-se. A sra. Hall mostrava-se muito prudente em suas informações. "E' um investigador experimental", dizia, acentuando a última sílaba, e se lhe perguntavam que coisa era essa retrucava com superioridade que "as pessoas instruídas sabem muito bem o que é". Depois, condescendente, ajuntava: "Um homem que descobre coisas. Sofreu um desastre qualquer que lhe arruinou seriamente o rosto e as mãos, e por isso os esconde e não quer que ninguém o veja".

Outra opinião, e mais geralmente aceita, era a que dava o estranho personagem como um criminoso em disfarce para escapar à ação da justiça. Quem começara com isso fora Henfrey, depois do caso do relógio, apesar de que nenhum crime de conhecimento público houvesse sido praticado naquele trimestre. Daí um “aperfeiçoamento” introduzido na hipótese pelo sr. Gould, professor da National School: tratava-se de um anarquista a preparar explosivos. E o sr. Gould encasquetou que havia de desmascará-lo, dando assim largas à sua vocação de detetive. Para isso encarava-o fixamente em todos os encontros e interrogava a todo o mundo. Mas não “detectou” coisa nenhuma.

Outra corrente de opinião foi criada por Fearenside com a sua teoria do homem pampa, que também já estava aperfeiçoada. Silas Durgan era de opinião que se ele se mostrasse numa feira ganharia quanto dinheiro quisesse; e, muito lido na Bíblia, comparou-o ao homem da parábola do homem dum só talento. Uma última hipótese parecia mais suasória: a que o dava como lunático ou maníaco inofensivo. Entre essas várias hipóteses existiam outras intermediárias ou mistas. A gente do condado de Sussex nunca foi supersticiosa, de modo que somente depois dos sucessos de abril é que a hipótese do sobrenatural surgiu, e ainda assim só entre as mulheres.

Mas fosse lá o que fosse que pensassem dele, Iping era unânime em não sentir nenhuma simpatia pelo homem do mistério. Sua irritabilidade talvez fosse compreensível num grande centro urbano, mas não era tolerada em Iping. Seus gestos bruscos, seu andar apressado nas noites em que tudo impunha o andar vagaroso de passeio, a aspereza com que repelia qualquer aproximação, o gosto pelo escuro que o levava a viver fechado e de estores descidos, nada disso era tolerado. Em seus passeios noturnos, os transeuntes afastavam-se dele, e os rapazes alegres seguiam-no de longe, de golas erguidas, a lhe arremedar o gingamento do corpo. Uma canção popular surgiu — O Homem-Espectro — que Miss Satchell cantou numa festa em benefício das lâmpadas da igreja. Desde então, sempre que o homem misterioso passava perto de um grupo, era infalível ser essa música assobiada. Meninos de escola gritavam-lhe de longe "Homem-Espectro!" e fugiam se ele voltava o rosto.

Cuss, um prático de medicina, andava devorado pela curiosidade. Aquelas faixas do homem misterioso boliam com seu interesse profissional, e as mil e uma garrafas despertavam-lhe o ciúme. Durante dois meses, abril e maio, procurou uma oportunidade de conversar com o estrangeiro, e por fim arranjou um pretexto: procurá-lo com uma lista de subscrição para obra de caridade. Ao entrar no albergue, admirou-se de que a sra. Hall nem sequer soubesse o nome do hóspede.

— Ele deu-me o nome ao chegar — mentiu Mrs. Hall, empenhada em corrigir aquele deslize do seu albergue — mas não ouvi bem e não quis fazer o papelão de perguntar de novo.

Cuss galgou a escada e bateu na porta do quarto do hóspede com o nó dos dedos. Uma imprecação soou lá dentro.

— Desculpe o incômodo — disse Cuss, entrando.

A sra. Hall, que o acompanhara, nada mais ouviu, porque o hóspede teve a precaução de fechar de novo a porta. Isto é, nada ouviu da conversa que durante vários minutos se travou lá dentro, mas ouviu o murmúrio e depois um grito de surpresa, um arrastar de cadeiras, uma risada como latido. Em seguida, viu Cuss irromper porta afora, muito pálido, olhando para trás assustadíssimo. Passou por ela sem a ver, e desceu atabalhoadamente com o chapéu na mão, sumindo-se a largas passadas pela rua deserta. Atrás do balcão, a sra. Hall arregalava os olhos atônita. Depois ouviu a risada calma e contente do hóspede lá em cima, a passear pelo quarto.

Cuss foi diretamente à casa de sr. Bunting, o vigário.

— Estarei louco? — disse ele ao entrar no escritório. — Tenho cara de quem está louco, reverendo?

— Que aconteceu? — indagou o pastor, pondo de lado as tiras do seu futuro sermão.

— Aquele camarada do albergue...

— E então?

— Dê-me qualquer coisa a beber — disse Cuss, sentando-se.

Só depois que um copo de cherry lhe acalmou os nervos pôde Cuss narrar o que lhe acontecera.

— Mal entrei — disse ele, ainda arquejante —, pedi-lhe que subscrevesse qualquer coisa em minha lista. O homem tinha as mãos no bolso e, sem tirá-las, sentou-se pesadamente na cadeira e fungou. Declarei-lhe então que sabia que ele era um investigador científico. Respondeu-me: "Sim", e fungou de novo. E continuou a fungar todo o tempo, como se houvesse momentos antes apanhado um resfriado. Talvez seja por isso que se agasalha daquela maneira. Contei o que pude da obra que temos em vista, e enquanto falava ia correndo os olhos pelo quarto. Garrafas e mais garrafas, frascos e mais frascos, drogas por toda parte. Balança, tubos, ampolas. Um cheiro de flor no ar. "Quer subscrever?", indaguei. "Vou pensar", respondeu. Depois perguntei-lhe se andava a fazer experiências. Respondeu que sim. "Experiências longas?", indaguei. Ele então exasperou-se e explodiu, dizendo serem longuíssimas. "Oh!", exclamei, e foi este "Oh" que estragou tudo. O homem parecia garrafa de champanha no momento de estourar. Contou que estava no conhecimento de uma preciosa receita, mas não disse receita para quê. "Será receita médica?", perguntei. "Vá para o diabo! Que é que vem pescar aqui?", berrou-me. Pedi-lhe desculpas e ele fungou de novo, e tossiu. Contou então que ia preparar a receita. Cinco ingredientes. Dispô-los sobre a mesa. Nisso, um golpe de ar vindo da janela aberta fez com que o papel voasse na direção do fogo da lareira. E lá se queimou a receita. O homem corre para salvá-la. Era tarde, e nesse momento tirou a mão do bolso. Vi então que era um braço sem mão...

— Sim?

— Sem mão, sem nada. Só a manga. Meu Deus, pensei comigo, é essa a deformidade do homem. Usa braço de pau e estava sem ele, supus logo. Depois estranhei que aquela manga vazia se movesse como as que têm braço dentro. Era singularíssimo. Espiei. Nada dentro. Vaziíssima a manga e, no entanto, movia-se como se tivesse braço dentro! Pude espiar até o ombro. Nada. Por um rasgãozinho cheguei a ver do outro lado. "Meu Deus! Meu Deus!", exclamei impressionadíssimo. O homem parou de mover-se. Olhou-me com aqueles olhos vazios e depois os volveu para a manga.

— E então?

— Foi tudo. Não me disse mais uma palavra. Meteu a mão no bolso, apesar de não ter mão. "Como pode o senhor mover uma manga vazia?", perguntei atônito. "Vazia?", disse ele. "Sim, vazia", afirmei. "É uma manga vazia?", tornou ele. "Está certo de que viu a manga vazia?", e dizendo isto saltou de pé. Fiz o mesmo. O homem então aproximou-se de mim e fungou violentamente. Não me mexi, embora aquela figura enfaixada fosse de molde a arrepiar ao mais valente. "O senhor garante que viu a manga vazia?", interpelou-me ele. "Pois decerto", respondi, e ele então, vagarosamente, tirou a manga do bolso e espi- chou-ma, tal qual se tivesse braço dentro. "Não vejo nada", disse eu assombrado. "Não há nada dentro da manga".

Comecei a ficar apavorado. Pude examinar a manga até o fundo. Ele a estendia do meu lado, assim, e nada mais espantoso do que aquilo. E então...

— Então?

— E então me senti agarrado no nariz, agarrado por uma mão que não existia!

O sr. Bunting começou a rir.

— Juro que dentro da manga não havia nada! — gritou Cuss com a voz transtornada. Rir é fácil, mas garanto que foi assim. Dei um tapa naquela manga e fugi do quarto...

Cuss deteve-se. Não havia de duvidar da sinceridade do seu pânico. Estava tonto, literalmente aturdido, e tomou um segundo copo do ordinaríssimo cherry do vigário, concluindo:

— Mas quando dei o tapa naquela manga meu tapa encontrou coisa sólida, como se houvesse braço dentro. E não havia braço nenhum dentro, eu juro!

O sr. Bunting refletiu sobre aquilo, a olhar curiosamente para Cuss.

— É uma história bem extraordinária — disse por fim. — Não resta dúvida.

CAPÍTULO V

O roubo no presbitério

Os fatos relativos ao roubo da casa do vigário procedem principalmente dos depoimentos do sr. Bunting e sua esposa. O caso ocorreu na madrugada da segunda-feira de Pentecostes, o dia escolhido em Iping para as festas do Clube. A sra. Bunting despertara repentinamente com a impressão de que a porta do quarto fora aberta e fechada. A princípio não acordou o marido, ficando reclinada no leito a ouvir, atenta. E realmente ouviu — ouviu rumor de passos abafados no aposento contíguo, que era o seu quarto de *toilette*. Alguém seguia rumo à escada. Logo que se firmou nisso, acordou o sr. Bunting com a maior cautela, pondo-o a par do que havia. O reverendo não acendeu a luz; limitou-se a pôr os óculos, envergar o robe de chambre, calçar as chinelas de banho e a ir pé ante pé espiar o que havia. Também distinguiu perfeitamente rumor de passos na direção do seu escritório, e logo depois um espirro violento.

Consequentemente voltou ao quarto de dormir e armou-se da melhor arma que existia, um porrete, e desceu a escada no maior silêncio. A sra. Bunting ficou no patamar.

Eram quatro horas e a espessura das trevas começava a ser rompida pelos primeiros albores da aurora. Vaga claridade penetrava no *hall*; mas o escritório estava ainda imerso em escuridão profunda. Tudo em silêncio, exceto lá. Ruídos leves, rumor de uma gaveta que se abre e de papéis revolvidos. Súbito, uma praga e um fósforo que se acende. O escritório clareou por momentos. O sr. Bunting estava no *hall* e pelo vão da porta pôde ver a sua secretária com uma vela acesa em cima e a gaveta aberta. Mas não viu ladrão nenhum. Entreparou no *hall*, indeciso, e a sra. Bunting, muito pálida, veio ter com ele. Um pensamento mantinha a coragem do reverendo: o ladrão devia ser um dos moradores do Iping.

Depois ouviram um tinir de moedas e compreenderam que o ladrão descobrira o ouro posto de parte para as despesas da casa, duas libras e dez xelins ao todo. O tinir das moedas impeliu o sr. Bunting à ação. Segurou firme o porrete e penetrou no escritório, heroicamente seguido da esposa.

— Entregue-se! — gritou em tom feroz. Mas logo entreparou, atônito. Não havia ninguém ali.

Absurdo! Tinham ouvido perfeitamente o abrir da gaveta, o espirro, o tinir das moedas. Havia, sim, gente ali. Por meio minuto ficaram abobados, e por fim o sr. Bunting atravessou a saleta e espiou atrás do biombo, enquanto a sra. Bunting, movida do mesmo impulso, espiava debaixo da mesa. Depois foram sacudir as cortinas e examinar mais recantos onde pudesse alguém esconder-se. O reverendo chegou a cutucar com o porrete a abertura da chaminé, e sua esposa passou em revista a cesta de papéis e o depósito de carvão. Nada, nada. E os dois olharam-se interrogativamente.

— Pois eu juro que... — murmurou o sr. Bunting.

— E a vela acesa? Basta a vela — tornou sua esposa. — Quem a acendeu? E há ainda a gaveta aberta. E o dinheiro roubado! Venha ver...

Nesse momento, ouviu-se outro violento espirro no corredor. Ambos se atiraram para lá, e a seguir ouviram a porta da cozinha bater.

— Traga a vela — murmurou o sr. Bunting, e dirigiu-se para a cozinha onde soava distintamente o ruído de um trinco a fechar-se.

Quando Mr. Bunting abriu a porta da cozinha, percebeu que a do quartinho de lavagem também se abria, entremostrando lá fora as primeiras claridades da manhã sobre as massas negras do jardim. Pôde assim certificar-se de que ninguém saíra pela porta aberta. No entanto, ela se abriu, ficou aberta por um momento e depois se fechou por si, fazendo a chama da vela da sra. Bunting vacilar.

Entraram os dois na cozinha. Nada. Vazia. Trancaram cuidadosamente a porta dos fundos e depois examinaram tudo, a copa, o quarto de lavagem e até o porão. Nada, absolutamente nada encontraram nem ali nem na casa inteira.

A manhã veio encontrá-los em trajes menores, ainda de boca aberta e olhos arregalados diante do estranho fato que acabava de suceder.

Espantoso, espantoso — murmurava o vigário pela vigésima vez.

— Meu caro — sussurrou a sra. Bunting —, Susie vem vindo. Fique aqui até que ela entre na cozinha e só depois suba.

CAPÍTULO VI

A mobília que enlouqueceu

ORA, ACONTECEU QUE NAQUELA MANHÃ DE SEGUNDA-FEIRA, ANTES que Millie fosse tirada da cama, a sra. Hall levantou-se muito cedo e, seguida em silêncio pelo marido, dirigiu-se à adega para uma tarefa muito especial, o batismo da cerveja. Lá chegando viu que se esquecera de trazer a garrafa de salsaparrilha e mandou que o sr. Hall fosse buscá-la. O sr. Hall foi, e lá em cima, ao passar pelo quarto do hóspede, notou que a porta estava entreaberta. Não deu importância ao fato, apesar de estranhá-lo. Entrou no quarto da esposa, tomou a garrafa de salsaparrilha e fez-se de volta. A meio caminho, porém, quando ia cruzando o *parlour*, viu que também a porta da rua estava aberta, isto é, estava de ferrolhos corridos e só fechada com o trinco. Aquilo o impressionou, porque na noite da véspera estivera segurando a luz enquanto a esposa fechava a casa, como de costume. Súbito, ligou os fatos — aquela porta aberta e também a outra lá de cima, do quarto do hóspede — e as desconfianças que a respeito do estranho personagem Henfrey lhe havia plantado nos miolos reacenderam-se. Quis averiguar. Subiu de novo a escada e foi bater à porta do hóspede. Nenhuma resposta. Bateu segunda vez. Nada. Então entrou.

Ninguém viu lá. Na cama, ainda arrumada, peças de roupa que o hóspede vestia habitualmente e as faixas que usava na cabeça. No pau da cama, o seu chapéu de abas largas. O sr. Hall ficou, de olho arregalado para aquilo, até que a voz aguda da sra. Hall o chamasse à realidade.

— Jorge! Não achou ainda? — indagava a mulher naquele inconfundível sotaque dos nativos de Sussex.

Isso o fez descer de novo apressadamente, e já da escadinha foi ele dizendo:

— Jenny, aquilo que o Henfrey disse é verdade. O hóspede não está no quarto e a porta da rua encontrei-a aberta.

A sra. Hall a princípio não compreendeu, e depois que o marido repetiu a história quis por si mesma verificar o que havia. Subiu, com o homem à frente, sempre de garrafa na mão.

— Ele não está, mas a roupa está. Que andará fazendo sem roupa? É um caso bem estranho... — ia dizendo o sr. Hall.

Ao chegarem ao topo da escadinha, pareceu-lhes ouvir rumor na porta da rua, como se alguém a abrisse e fechasse. Precipitaram os passos em direção à sala. Nada lá. Ninguém. A porta fechada. A sra. Hall então passou à frente e rumou para cima, a examinar o quarto do hóspede. Nesse momento, ouviu atrás de si, na escada, um espirro e naturalmente julgou que fosse o marido; este por sua vez julgou que fosse a mulher. A sra. Hall chegou ao alto da escada e penetrou no quarto do hóspede.

— É muito estranho tudo isto — murmurou ela, vendo que se confirmava o que o marido dizia. — É na verdade extraordinário.

Nisso ouviu uma fungadela atrás de si, que supôs ser do marido. Voltou-se e surpreendeu-se ao vê-lo distante, ainda nos últimos degraus da escada. Esperou que ele chegasse e então apalpou o travesseiro e a colcha.

— Frio, Jorge! Ele nem se deitou aqui esta noite.

Mal disse isso, e já um fato ainda mais extraordinário ocorreu: a colcha e os lençóis ergueram-se por si e amontoaram-se ao pé da cama, exatamente como se mão invisível os tivesse puxado. Logo em seguida o chapéu saiu de onde estava, voou pelo ar, como arremessado, e veio bater no rosto da sra. Hall. O mesmo sucedeu com a esponja do lavatório, e depois, e depois foi a cadeira sobre a qual estavam o casaco e as calças do hóspede que entrou em ação; essas roupas caíram no assoalho e a cadeira moveu-se, erguendo para o ar as quatro pernas em atitude ameaçadora e dando uma risada muito semelhante à do hóspede. Com um grito de pânico, a sra. Hall voltou-se para fugir do quarto assombrado, no que foi ajudada pelos pés da cadeira, que se apoiaram em suas costas e empurraram-na para fora. Fugiram ambos e a porta do quarto fechou-se com estrondo. A cadeira, a cama e outros objetos ficaram lá dentro a mover-se ainda por alguns instantes; depois tudo recaiu no silêncio habitual.

A sra. Hall estava no patamar quase desfalecida nos braços do esposo e foi com grande dificuldade que ele e Millie a levaram para baixo, onde lhe deram a cheirar vinagre.

— Espíritos! — murmurou a sra. Hall, voltando a si. — Espíritos! Li no jornal uma coisa assim. Mesas e cadeiras que dançam.

— Beba um gole disto — murmurou o sr. Hall, apresentando-lhe um copo de cherry. — É bom. Tome.

— Fechem a porta da rua enquanto ele está fora — disse a sra. Hall. — Não o deixem entrar da rua. Eu bem que desconfiava... Devia ter adivinhado. Aqueles olhos e aquela cabeça enfaixada, e nunca ia à igreja aos domingos... Só garrafas que não acabavam mais. O malvado "espiritou" os meus móveis, os meus velhos móveis! Era justamente naquela cadeira que minha mãe costumava sen- tar-se quando menina. E pensar que essa cadeira agora se ergueu contra mim e me botou para fora do quarto!

— Um golinho mais, Jenny — insistiu o sr. Hall. — Você está muito nervosa.

Millie foi correndo à casa do sr. Sandy Wadgers, um ferreiro amigo, com recado para que viesse incontinenti ver a loucura da mobília.

O sr. Wadgers era homem de conhecimentos e de muitos recursos. Ouviu a exposição dos fatos e murmurou com ar grave:

— Mil raios me partam se não é feitiçaria. Há que usar ferraduras na porta para gente assim.

O ferreiro media passos pela sala, grandemente preo- cupado. Quiseram que ele fosse ao quarto, mas o sr. Wadgers não mostrou pressa. Preferia debater o caso ali mesmo. Nisso chegou à tabacaria fronteira o empregado que abria a casa, e foi chamado para tomar parte na conferência. O sr. Huxter, o dono da tabacaria, também apareceu logo depois. A inclinação anglo-saxônica pelo parlamentarismo manifestava-se. Reuniram-se aquelas criaturas para o debate e não tomavam nenhuma decisão.

— Antes de mais nada, juntemos os fatos — insistia o sr. Wadgers —, depois assentaremos as nossas decisões. Há que ver se é direito entrar assim num quarto alheio. Forçar uma porta é sempre forçar uma porta.

Enquanto discutiam esses importantíssimos pontos de direito, a porta em causa abriu-se por si e com grande assombro de todos apareceu o hóspede no seu trajar de sempre, gola erguida, faixas na cabeça, luvas, óculos escuros e o mais. Desceu a escada lentamente e ao atravessar o corredor deteve-se diante da garrafa de salsaparrilha que ficara no chão, junto à porta que levava à adega.

— Olhem isto aqui! — disse ele, apontando para o corpo de delito. Em seguida, penetrou na sala, batendo a porta no nariz de toda aquela gente.

Ninguém teve ânimo de pronunciar uma só palavra. Olhavam-se uns para os outros no maior dos assombros.

— Então? — murmurou por fim o sr. Wadgers. — Se esta agora não é a melhor de todas, raios me partam... — E voltando-se para o sr. Hall: — Se eu fosse o senhor, ia lá interpelá-lo. Esses fatos exigem uma explicação.

O sr. Hall mostrou-se duro de convencer; por fim convenceu-se, armou-se de coragem e foi bater à porta da sala, entreabrindo-a.

— Desculpe-me, senhor, mas...

— Vá para o diabo que o carregue! — berrou o hóspede. — Feche essa porta e suma-se.

Terminou assim a entrevista de explicações entre o sr. Hall e o estranho personagem.

CAPÍTULO VII

Desmascarando o estranho

Reaparecimento do hóspede e sua entrada na sala do albergue ocorreu ali pelas cinco e meia e lá ficou ele até meio-dia, com as janelas de estores descidos e a porta fechada. Depois da áspera repulsa do sr. Hall, ninguém mais se atreveu a aproximar-se de tão ríspida criatura.

Em compensação, ou como castigo, teve ele de ficar em jejum todo esse tempo. Três vezes tocou a campainha e da última com extrema força e insistência. Ninguém o atendeu.

"Vá para o diabo que o carregue", não é? Agora aguente, — limitou-se a dizer a sra. Hall.

Logo depois vieram as primeiras notícias do assalto à casa do vigário e todos começaram a ligar os fatos. O sr. Hall, em companhia de Wadgers, foi procurar o sr. Shuckleforth, o juiz, para lhe tomar a opinião, e dos que ficaram no albergue nenhum se arriscou a subir ao quarto espiritado.

O grupo de curiosos ia aumentando. Chegou a sra. Huxter; chegaram vários moços vestidos domingueiramente, o que aumentou ainda mais a confusão. Um dos moços, Archie Archer, encheu-se de ânimo e foi ao pátio ver se espiava alguma coisa pela janela. Nada pôde ver, mas fingiu que viu e tornou-se logo o centro da curiosidade geral.

Iping estava em festas. Na rua principal, erguiam-se doze barracas de feira, um tiro ao alvo e, perto da casa do ferreiro, três carroças pintadas de amarelo e chocolate. Circulavam homens vestidos de jérsei azul e mulheres de aventais brancos e chapéus de grandes plumas, como mandava a moda.

Woodyer, da Corça Púrpura, e o sr. Jaggers, o mascate que também vendia bicicletas de segunda mão, estavam ocupados em cruzar a rua de bandeirolas e outras insígnias que haviam servido na celebração do jubileu da rainha Vitória.

Dentro do *parlour*[1], onde só pelas frestas penetrava a luz exterior, continuava o hóspede, faminto, envolto nas suas roupas grossas, com aqueles óculos de vidro escuro postos num jornal e de vez em vez lançando pragas que eram ouvidas fora. Lá pelo meio-dia abriu a porta e ficou a olhar fixamente para as quatro ou cinco pessoas reunidas no bar. Depois chamou a sra. Hall, que estava na cozinha.

A sra. Hall apareceu logo em seguida, ofegante mas cheia de dignidade. Seu marido ainda não voltara e mesmo sem sua audiência ela havia preparado uma cena. Entrou de bandejinha na mão, com a conta do hóspede dentro.

— É a sua conta que está querendo, senhor? — disse com firmeza.

— Por que não trouxe ainda o meu café da manhã? — gritou o hóspede. — Por que não respondeu aos meus chama-

(1) Na Europa cristã medieval, eram as salas de visitas dos mosteiros.

dos? Supõe acaso que eu viva de ar?

— E por que não paga a sua conta? — retrucou a sra. Hall. — É só isso que me interessa saber.

— Há três dias atrás já lhe disse, mulher, que estou à espera de dinheiro.

— E eu respondi que não sou obrigada a esperar que chegue o seu dinheiro. Se o café da manhã está atrasado, o atraso não é tão grande como o da conta.

O hóspede rosnou uma praga enérgica.

— Muito obrigada, senhor, mas pode guardar essas pragas para o senhor mesmo — tornou a hoteleira, firme.

A irritação do hóspede subia de ponto e lá no bar todos admitiram que a sra. Hall o havia derrotado naquele duelo de língua.

— Escute cá, minha excelente senhora... — começou ele em outro tom.

— Não venha com lábias. Não sou nenhuma tola, fique sabendo.

— Já lhe expliquei, mulher, que houve um simples atraso da remessa de meu dinheiro.

— Dinheiro! Dinheiro!...

— Talvez que em meu bolso...

— O senhor me disse há três dias que só tinha uma libra em prata.

— É verdade, mas descobri um pouco mais.

— Hum! — rosnou uma voz no bar.

— Eu queria muito saber onde é que o senhor achou mais esse dinheiro — advertiu com ironia a sra. Hall.

Essas palavras calaram fundo no hóspede, que bateu os pés freneticamente e berrou:

— Que é que a senhora quer dizer com isso?

— Quero dizer que desejo saber onde encontrou esse dinheiro, está ouvindo? E antes de lhe servir café da manhã, ou o que quer que seja, o senhor tem de me explicar várias coisas que nem eu nem ninguém entende, e muito nos está preocupando. Quero que me diga que é que fez para a minha cadeira, lá em seu quarto, e quero também que me explique como é que o quarto estava vazio e o senhor apareceu lá dentro de um instante para outro. Os meus pensionistas só entram pelas portas. É esse o hábito e o regulamento da casa, está entendido? Quero saber como foi que o senhor entrou. Quero também saber...

O hóspede interrompeu-a com uma violentíssima pancada na mesa e um "Cale-se!" que de fato a fez calar-se. E depois:

— Quer saber quem eu sou, não é? Pois já vai ver! — e levando a mão ao rosto arrancou qualquer coisa, fazendo que sua face aparecesse com um buraco escuro no lugar do nariz. Os olhos da hoteleira fixaram-se naquele ponto, horrorizados, enquanto o hóspede estendia para ela o nariz que havia extraído da cara, dizendo:

— Tome! — e soltou-o em suas mãos.

Ao compreender o que se passava, a hoteleira arregalou desmesuradamente os olhos e, ao sentir em sua mão aquele nariz que vira ser arrancado do rosto do hóspede, não pôde reter um grito de horror e cambaleou. O nariz rolou pelo chão com um ruído de objeto de massa oca, muito vermelho e luzidio.

Em seguida, o homem tirou do rosto os óculos e apareceram na cara dois buracos escuros em vez de olhos. Arrancou os bigodes e as faixas que envolviam a cabeça. Não foi preciso mais. Os curiosos reunidos no bar tomaram-se de pânico e fugiram. A sra. Hall também tentou fugir.

O aspecto da cara do hóspede, despida do que ele arrancara, excedia a tudo quanto pudesse ser imaginado. Todos esperavam ver surgir uma cara deformada por cicatrizes, mas não viram nada: desaparecera a cabeça do homem...

Ao arrancar aqueles disfarces e aquelas gazes, o homem os arremessara contra os que estavam no bar, de modo que a corrida foi não só para escapar à terrível visão como para evitar que aquilo lhes tocasse o corpo. Atropelaram-se na fuga, tão insustentável era o quadro daquele corpo que falava e praguejava e gritava, embora estivesse absolutamente sem nada do pescoço para cima. Desapare-cera, mas desaparecera de fato a sua cabeça.

Transeuntes que passavam pela rua entrepararam, espantados com o espetáculo. Do albergue saía um magote de pessoas a gritar, tomado do mais absoluto pânico. Viram a sra. Hall cair na calçada e Teddy Henfrey, que vinha atrás, saltar por cima dela para não apisoá-la. Ouviram os gritos horríveis de Millie, que, vindo da cozinha a ver que barulho era aquele na sala, dera inopinadamente um encontrão no homem sem cabeça.

Começou a juntar povo defronte do albergue. Doceiros, vendedores de refrescos, homens e mulheres acorriam a ver o que era aquilo, detendo-se com olhos interrogativos diante da casa em tumulto. Todos falavam a um tempo, indagando, apurando. Um grupo rodeava a sra. Hall, que jazia desmaiada no passeio. Verdadeira Babel de confusão.

— O Homem-Espectro! — gritava um.

— Que é que ele fez? — indagava outro.

— Parece que atacou a mulher com uma faca — aventava um terceiro.

— Não tem cabeça — dizia um quarto mais bem informado. — Perdeu a cabeça. Sumiu a sua cabeça. Eu vi!

— Cale a boca. Não diga asneira.

— Mas eu vi, eu vi... Arrancou as ataduras, o nariz, o bigode, a cabeleira e, pronto! Acabou-se a cabeça...

Na luta para espiar o que havia dentro do albergue, a multidão na ponta dos pés formava cunha à porta.

— Ele estava de pé, parado. Nisso a moça que vinha dos fundos deu um grito. Ele voltou-se. Vi a saia da moça voando, e ele a correr para a cozinha atrás dela. E voltou de lá de faca em punho, segurando um pedaço de pão. E ficou parado onde estivera antes. Mas sem cabeça. Está absolutamente sem cabeça.

Nisso a multidão ondulou. O sr. Hall chegava com um grupo de homens e procurava forçar a massa humana para entrar no albergue. Faziam parte desse grupo o sr. Bobby Jaffers, da polícia, e o sr. Wadgers. Traziam um mandado de prisão.

As informações que os recém-vindos recebiam eram tumultuárias e contraditórias, de modo que o sr. Jaffers abriu caminho murmurando:

— Com cabeça ou não, vai para a cadeia, e já.

O sr. Hall ganhou a porta do albergue. Entrou. Caminhou firme para a sala, cuja porta achou aberta.

— Senhor delegado — disse ele para Jaffers —, cumpra o seu dever.

Jaffers entrou, acompanhado de Wadgers. Lá estava o hóspede, de pé no meio da sala, sem cabeça, mas comendo famintamente um pedaço de pão com queijo.

— Ei-lo! — exclamou o sr. Hall, indicando-o ao delegado.

— Que história é essa? — gritou o hóspede em tom colérico, falando mesmo sem cabeça.

— O senhor parece na realidade um espectro, senhor — disse Jaffers —, mas, espectro ou não, com cabeça ou sem ela, está preso em nome da lei.

— Não me toque! — berrou o corpo, e lançando de si o pão e

o queijo assumiu uma atitude tão agressiva que o sr. Hall achou prudente agarrar a faca que viu em cima da mesa. Depois o corpo arrancou a luva da mão esquerda e arrojou-a provocativamente à cara de Jaffers, o qual revidou, atracando-se com ele. Travou-se a luta. Jaffers havia segurado o inimigo pelo pescoço, e embora recebesse terrível pontapé na canela nem por isso largou a presa. Hall passou-lhe a faca, escorregando-a por cima da mesa, visto que era Jaffers quem ali representava a lei; depois avançou um passo, quando os viu atracados em desesperada luta corpo a corpo.

— Agarre-o pelos pés! — gritou Jaffers entre dentes.

O sr. Hall tentou cumprir a ordem, mas o coice que levou nas costelas forçou-o a recuar atordoado, e Wadgers, vendo que Jaffers estava por baixo e o homem sem cabeça levava a melhor, atirou-se para a porta da rua, dando de encontro a sr. Huxter e a outro que vinha em auxílio da autoridade. Isso fez com que várias garrafas caíssem de uma prateleira, quebrando-se e enchendo o ar de um cheiro acre.

— Entrego-me — disse por fim o homem sem cabeça, embora estivesse naquele momento por cima de Jaffers, e pôs-se de pé, ofegante. Era estranhamente impressivo o quadro daquele homem de pé, sem cabeça e sem mãos, porque havia também arrancado a luva da mão direita. — Não vale a pena lutar — acrescentou ele entre arquejos de cansaço.

Nada mais espantoso do que ouvir a sua voz vinda do vazio onde fora a cabeça. A gente de Sussex, porém, é a mais positiva do mundo. Depois que se ergueu, Jaffers limitou-se a sacar do bolso um par de algemas. Nesse momento, notou que o hóspede estava também sem mãos e exclamou:

— Diabo. Como poderei usar isto?

O hóspede levou os braços sem mãos ao peito e os botões do colete desabotoaram-se de alto a baixo. Depois murmurou qualquer coisa a respeito das pernas e abaixou-se como quem vai tirar as botas.

Isso não é um homem! — berrou Huxter. — Só há roupas vazias. Olhem! — e apontou para o colarinho que, ao abaixar-se, deixara ver todo o interior do corpo do hóspede. Nada havia dentro. Apenas roupas cheias de ar.

— Eu, se quiser, enfio o braço por ele adentro — continuou Huxter, e fez gestos de meter o braço pelo colarinho adentro do homem vazio. Sua mão, porém, encontrou obstáculo e ele a recolheu de brusco, assustado.

— Faça o favor de não me enfiar a mão pela cara — disse com irritação uma voz aérea, vinda ninguém sabia de onde. E continuou: — O fato é o seguinte, senhores: sou invisível. Cabeça, mãos, pernas, barriga, tudo invisível. Parece absurdo, mas é a verdade e de nenhum modo isto constitui razão para que eu seja tratado a coices por todos os brutamontes de Iping.

Sua roupa estava agora completamente desabotoada e suspensa no ar, como em invisível cabide.

Diversas pessoas entraram nesse momento. A sala enchia-se. Huxter, que ignorava o crime do hóspede, exclamou:

— Invisível, hein? Onde já se viu semelhante coisa?

— É estranho, não há dúvida, mas não é nenhum crime, nem razão para que a polícia me assalte desta maneira.

— A razão é outra — gritou Jaffers. — Tenho um mandado de prisão de nenhum modo por causa da sua invisibilidade, e sim por causa do furto da casa do vigário. A casa foi assaltada e o dinheiro roubado.

— E que tenho eu com isso?

— Tem que as circunstâncias...

— Besteiras! — gritou o Homem Invisível.

— Espero que assim seja, senhor, mas recebi instruções e...

— Pois muito bem — rematou o hóspede. — Irei à polícia, mas nunca de algema nos pulsos.

— As algemas são de praxe — declarou Jaffers.

— Mas não quero. Tudo, menos isso.

— Perdoe-me, mas...

Jaffers não concluiu a frase. O hóspede sentara-se subitamente e, antes que os presentes pudessem compreender suas intenções, sacou fora as botas, as meias e a calça, jogando tudo para debaixo da mesa. Em seguida, ergueu-se e arrancou de si o casaco e o colete.

— Pare com isso! — gritou Jaffers, alcançando afinal o que ele pretendia fazer, e agarrou-o pelo colete desabotoado. O colete escapou lhe do corpo e Jaffers teve de agarrá-lo pela camisa, gritando: — Segurem-no! Se ele tira toda a roupa, escapa-nos.

— Pega! Pega! — gritaram todos, e houve uma correria para agarrar a camisa, única peça visível sobre o homem misterioso. Uma camisa no ar, viva, movendo-se em gestos de defesa! Súbito, uma das mangas desfechou terrível punhada no queixo do sr. Hall, arremessando-o de encontro ao velho Toothsome, o sacristão, e imediatamente a seguir a camisa ergueu-se, como a despir um corpo. Jaffers conseguiu agarrá-la, mas isso só serviu para ajudar o Homem Invisível a desfazer-se dela e a lhe arrumar na cara um tremendo murro. Jaffers revidou com uma cacetada que alcançou a cabeça de Teddy Henfrey.

— Cuidado! Atenção! — gritavam várias vozes, e os atacantes defendiam-se e atacavam ao acaso. "Segurem-no! Fechem a porta! Não o deixem escapar! Agarrei qualquer coisa! É ele!" Gritos como esses rompiam de todos os lados naquela infernal confusão, em que todos berravam e esmurravam às tontas. Wadgers, cuja natural prudência fora espicaçada por um murro nas ventas, reabriu a porta da rua e disparou dali. Outros o seguiram em atropelo. Não obstante, a pancadaria continuava. Phipps, o unitário, perdeu um dente e Henfrey teve uma das orelhas quase completamente arrancada. Jaffers levou tremendo golpe no queixo e, girando sobre si, agarrou qualquer coisa que se interpunha entre ele e Huxter. Essa qualquer coisa deu-lhe a impressão de um peito humano e o fez gritar excitado: — Agarrei-o!

O extraordinário conflito chegara ao apogeu. Homens cambaleavam à direita e à esquerda, à medida que o magote engalfinhado refluía para a porta, tropeçando nos seis degraus que desciam para a rua. Jaffers urrava em voz estrangulada, sempre atracado ao Homem Invisível. Por fim, regirou sobre si mesmo e caiu de borco, batendo violentamente com a testa no lajedo. A presa havia escapado das suas unhas.

Gritos ainda soaram: "Parem o Homem Invisível!", e um moço desconhecido, cujo nome ninguém veio a saber, atirou-se à luta e por acaso agarrou no ar um corpo; não o pôde reter, entretanto, e foi cair sobre Jaffers ainda por terra. Logo depois, no meio da rua uma mulher deu um berro como se alguém a afastasse do caminho e, adiante, um cachorro deitou a ganir como se houvesse levado um pontapé. Esses dois incidentes, os últimos do dia, marcaram a passagem e a fuga do Homem Invisível. Por algum tempo, o grupo de homens que haviam tomado parte na refrega permaneceu defronte do albergue a gesticular excitadamente, comentando os fatos. Depois se tomaram de medo e se esgueiraram dali, dispersando-se. Só Jaffers, o homem da lei, ficara no campo da luta, mas desacordado sobre a escadinha do albergue.

CAPÍTULO VIII

Em movimento

ESTE CAPÍTULO OITAVO É EXATAMENTE CURTO E NELE SE CONTA QUE Gibbins, o naturalista amador de Iping, estava deitado no campo, em sítio deserto, quando ouviu atrás de si um espirro acompanhado de uma praga. Sentou-se e olhou ao redor. Não viu ninguém. No entanto, ouvira um espirro e logo ouviu um segundo, também acompanhado de nova praga, agora em direção de Adderdean, a aldeia vizinha. Mais um espirro um pouco adiante, e só.

Gibbins, que ignorava as ocorrências do dia em Iping, impressionou-se de tal maneira que perdeu completamente a sua calma de naturalista e disparou para a aldeia com quantas pernas tinha.

CAPÍTULO VIX

Sr. Thomas Marvel

Sr. Thomas Marvel era um senhor de cara balofa, nariz batatudo, boca mole e barba extravagante, hirsuta e sem a menor sombra de trato. Seu corpo tendia para o sobrepeso e as pernas curtas acentuavam essa inclinação. Na cabeça trazia uma velha cartola amarrotada, de pelo arrepiado; e no corpo, um casaco onde os botões iam sendo substituídos por barbantes, o que indicava um homem visceralmente solteiro.

Sr. Thomas Marvel estava sentado à beira da estrada que vai para Adderdean, a milha e meia de Iping. Pelos buracos das meias imundas apareciam nesgas da pele dos pés, e os dois dedos grandes arrebitavam-se como orelhas de cachorro que pressente perigo. Preguiçosamente — tudo nele era preguiçoso — estava provando um par de botas que, embora demasiado grandes, eram as melhores que ele jamais possuíra; as que acabava de descalçar, conquanto ainda servissem em dias secos, tinham as solas já muito gastas para lhe defender os pés em tempo de chuva. Sr. Marvel detestava as botas muito largas, mas também detestava as de solas excessivamente finas, e, como nunca decidira à qual das duas espécies detestava mais, aproveitava aquela oportunidade para resolver o caso. Colocara, pois, os dois pares de botas no chão à sua frente e pusera-se a considerá-las. O resultado foi desconfiar de serem ambas das mais feias que já havia visto, e portanto não se admirou que uma voz lhe murmurasse pelas costas:

Feias, sim, mas afinal de contas são botas.

— E botas dadas, bem sei; botas de caridade — murmurou num suspiro o sr. Marvel, sempre com os olhos no terrível calçado. Qual dos dois pares é o pior? Raios me partam se consigo decidir.

— Hum! — fungou a voz.

— É verdade que já usei piores, e tempo houve até em que não usei nenhuma. Mas nunca as vi mais horrendamente feias. Dias levei mendigando um par de botas para arranjar isto! Em bom estado elas estão, isso lá estão. Mas nós, judeus errantes das estradas, precisamos de boas botas. E, creia-me ou não, só pude arranjar estas, neste mesquinho condado. Olhem-me para isto. E é uma terra de botas famosas! Há dez anos que me venho fornecendo de calçado por aqui, e agora pregam-me esta, dão-me isto...

— País miserável, país de porcos — disse a voz.

— É a pura verdade — concordou o sr. Marvel, sem erguer os olhos do chão. — Que calamitosas botas! Chegam a engulhar a gente — e dizendo isso o sr. Marvel virou a cabeça, sem erguê-la, apenas para ver se as botas do seu interlocutor eram comparáveis às suas, mas não viu bota nenhuma, nem pernas, nem nada. Aquilo o espantou e o fez exclamar:

— Onde está você?

Olhou em torno: era um descampado arenoso e absolutamente deserto. Não havia viva alma, por mais longe que olhasse.

— Estarei bêbado? — murmurou o sr. Marvel. — Estarei sonhando? Teria falado a mim mesmo?

— Não se assuste assim — disse a voz.

— Basta de ventriloquias — gritou o sr. Marvel, erguendo-se. Onde está você, diga? Assustado, eu? Era só o que faltava. Não me assusto nunca.

— Assustado, sim — repetiu a voz. — Bastante...

— Assustado vai ficar quem me fala, o grande idiota que está a mangar comigo — berrou furioso o sr. Marvel. — Onde está você? Vamos, diga! Mostre-se, se é capaz. — E depois de um intervalo: — Está *enterrado vivo*?

Não houve resposta e o sr. Marvel ficou uns instantes imóvel, à escuta. Nisso uma ave piou longe — *piuit*!

— *Piuit*, hein? — rosnou ele, irônico. — O momento não é para graças, fique sabendo.

A duna estava deserta de um extremo a outro, e a estrada, entre valetas rasas, corria também deserta de norte a sul.

E deserto ainda estaria o céu, se não fosse o "piuit", uma ave das dunas que tem o nome do seu pio.

— Valha-me Deus! — murmurou o sr. Marvel, tomando o casaco do chão para vesti-lo. — Foi a bebida; eu devia ter visto logo. O raio da bebida...

— Não foi bebida nenhuma — disse a voz. — Você não está bêbedo, não.

— Oh! — exclamou o sr. Marvel, empalidecendo por entre as manchas de sujeira. — É a bebida, sim — repetiu para sossegar-se, e ficou de olhos arregalados a perquirir em torno, murmurando por fim: — Eu era capaz de jurar ter ouvido uma voz...

— E continua? — disse o sr. Marvel, esfregando os olhos com as mãos encardidas. Nesse momento, foi agarrado pelo pescoço e sacudido violentamente, o que o deixou zonzo de uma vez.

— Não seja imbecil — dizia a voz.

— Estou louco, estou fora de mim — gemeu o sr. Marvel. — Não vale a pena discutir por causa de um par de botas. Já me vou embora. Ou então é espírito...

— Nem uma coisa nem outra — disse a voz. — Atenda.

Nesse momento, o sr. Marvel sentiu-se cutucado no peito por um dedo, enquanto a voz indagava:

— Então julga que sou um produto da sua imaginação, hein?

— E que pode ser senão isso? — tartamudeou Marvel, esfregando o nariz, realmente convencido de que eram imaginações.

— Muito bem — disse a voz. — Vou recorrer às pedras para que pense de modo diverso.

— Mas onde você está, criatura?

A voz não respondeu com palavras, e sim com uma pedra, que sibilou no ar e passou de raspão sobre a cabeça de Marvel. Logo a seguir o pobre homem viu outra pedra erguer-se do chão, dar um volteio no ar e projetar-se contra ele velozmente. Tamanho foi o seu pasmo que nem se desviou. A pedra bateu-lhe num dos dedões do pé e rolou para a valeta. O sr. Marvel deu um berro de pavor e pôs-se a correr. Dez passos adiante tropeçou num óbice invisível e afocinhou na areia.

— Então — disse a voz, ao tempo em que uma terceira pedra se erguia no ar e lá ficava suspensa —, tem coragem de afirmar ainda que sou um produto da sua imaginação?

Em vez de responder, o sr. Marvel tratou de prosseguir na fuga, mas o obstáculo invisível o fez rolar por terra outra vez.

— Se fizer movimentos, esta pedra será arremessada à sua cabeça — gritou a voz.

— Isso é feitiçaria! — gemeu o sr. Marvel, sentando-se e tomando o pé com o dedo ferido entre as mãos, enquanto fixava os olhos na pedra suspensa no ar. — Não compreendo nada. Pedras que se movem por si mesmas... Pedras que falam... Caia no chão de uma vez, pedra, que eu me entrego. Já estou entregue...

A pedra tombou por terra.

— A coisa é muito simples — disse a voz. — Sou um homem invisível, apenas isso.

— Explique-se melhor — pediu o sr. Marvel, atônito, dominado pelo terror. — Onde está escondido? Tenha dó de mim.

— Já disse tudo. Sou um homem invisível. É isto que quero que compreenda, ouviu?

— Está claro que sim, pois que não o vejo, mas não precisa mostrar-se tão irritado. Ajude-me. Diga-me como é que está escondido...

— Já disse que sou invisível. Quem é invisível não se esconde. Está escondido por natureza.

— Mas onde está? Em que ponto?

— A cinco metros na sua frente.

— Não engulo essa. Não sou cego. Daqui a pouco vem me dizer que é ar. Não sou nenhum ignorante como tantos outros vagabundos de estrada.

— Pois é assim. Sou ar. Você está vendo através de meu corpo.

— Quê? O senhor não é feito de nada sólido? É só voz e conversa? É isso?

— Sou uma criatura humana, sólida e que necessita de comer e beber e cobrir-se. Mas sou invisível, entende? Invisível. In-vi-sí-vel...

— Como que então é real?

— Realíssimo.

— Nesse caso, se é real, dê-me uma das suas mãos. Não sou um tal vagabundo que o senhor não possa apertar a mão...

A voz atendeu-o.

— Ai! — urrou o pobre homem. — Que tenaz! Quase me quebrou os dedos...

O sr. Marvel sentiu o aperto de mão sem ver mão nenhuma e depois tocou com os dedos tímidos o braço onde estava essa mão e foi subindo a apalpar o corpo invisível até encontrar o peito e esbarrar na barba. Seu rosto mostrava o maior dos assombros.

— É espantoso! — murmurou ele. — Isto excede a tudo! Está aqui na minha frente um homem e posso ver através de seu corpo como se fosse um vidro de vidraça! Nenhuma parte do seu corpo é visível, senhor, exceto...

Marvel examinava cuidadosamente o espaço onde estava o Homem Invisível.

— Exceto aqui neste ponto. Vejo que ainda há pouco o senhor comeu pão e queijo, não é verdade?

— Tem razão, e esses alimentos ainda não foram assimilados em meu organismo.

— Ah! — exclamou Marvel sempre atônito. — É realmente mágico, é fantástico...

— Mas não é tão bom como você pensa, meu caro. Além disso...

— Seja como for, o caso me assombra, senhor. É um prodígio. É o prodígio dos prodígios...

— O que eu quero neste momento é auxílio — disse o Homem Invisível. — Preciso de auxílio e por isso me dirijo a você. Eu vinha vagando sem destino, louco de raiva, nu, impotente e com ímpetos de massacrar o mundo. Nisso vi você...

— Senhor...

— Aproximei-me, hesitante, pensando: "Aqui está um pobre diabo como eu. É a criatura de que necessito". E então decidi-me. Apresentei-me.

— Senhor! — exclamou Marvel com olhos de espanto. — Isso que diz me atordoa. Como é que sendo invisível pode precisar de um coitado da minha marca? Invisível...

— Pois preciso. Preciso que me ajude a arranjar roupas e abrigo e mais coisas indispensáveis. Tive de desfazer-me de tudo quanto possuía. Se não quiser ajudar-me, hum! hum! mal irá a coisa. Mas vai ajudar-me, eu sei.

— Olhe aqui — gemeu o sr. Marvel. — Estou muito atordoado e peço-lhe que não me judie por mais tempo. Deixe-me ir. Preciso voltar a mim mesmo e cuidar deste dedo do pé que o senhor escangalhou com a pedrada. Estava tudo deserto, neste deserto de dunas. O céu limpo de nuvens. Nada à vista, por uma légua de distância. Súbito, uma voz, como que vinda do céu ou do fundo da terra. E depois pedras que se moviam e se atiravam por si mesmas. Depois um contato... Meu Deus! Isto é demais. Basta...

— Acalme-se, homem. Acalme-se, pois tem de fazer o que eu quero. Escolhi-o para esse fim.

O sr. Marvel arregalou desmesuradamente os olhos.

— Escolhi-o para esse fim — repetiu a voz —, e isso porque você é o único homem no mundo inteiro, afora aqueles imbecilíssimos cretinos da aldeia de Iping, que sabe da existência de um homem invisível. Ajude-me, que eu também o ajudarei. Bem pode imaginar qual seja a força de um homem invisível, além de que...

Aqui a frase foi interrompida por um violento espirro.

— *Atchin*!

— Mas se me trair — continuou —, se não fizer o que mando, então... — e concluiu com um tapa no ombro de Marvel que fez o pobre homem dar um grito de pavor. — Não hei de trair, senhor! — gemeu Marvel, recuando.

— Não tenho a menor intenção de o trair, faça lá o senhor o que fizer. Quero ajudá-lo e hei de fazer tudo como me ordenar. O senhor manda em mim...

CAPÍTULO X

Marvel vai a Iping

Passada a primeira onda de pânico, depois do ocorrido no albergue da sra. Hall, Iping entrou a raciocinar sobre o caso do homem invisível. E logo o ceticismo — embora um ceticismo um tanto nervoso — ergueu a cabeça, isso porque nada há mais fácil no mundo do que descrer de um homem invisível. Os que o haviam visto evaporar-se no ar, ou lhe haviam sentido o peso do pulso, eram minoria insignificante, das que se contam pelo número de dedos das mãos. Além disso, dessas poucas testemunhas faltava Wadgers, que, prudente como era, se trancara em casa e não aparecia para pessoa alguma, e também faltava Jaffers, ainda fora de si em consequência da queda na escadinha do albergue, onde continuava deitado.

As grandes coisas, as grandes experiências exercem menor peso nas criaturas humanas do que as pequenas. Iping estava em dia de festa, com toda a sua população endomingada. Essa festa vinha sendo ansiosamente esperada já de um mês atrás. À tarde, os que acreditavam na presença do misterioso homem invisível criaram ânimo e resolveram sair, admitindo que ele não pudesse causar nenhum malefício ou que já se houvesse afastado dali. A outra parte da população, a que não acreditava na história, essa não tinha motivo para ficar em casa. O caso foi que a festa em nada se prejudicou; esteve, ao contrário, concor- ridíssima.

Na praça gramada, erguia-se a barraquinha na qual a sra. Bunting e outras damas serviam chá enquanto ao redor a criançada brincava sob as vistas do coadjutor e das senhoritas Cuss e Sackbut. Era natural que pairasse no ambiente certa inquietação, mas todos faziam o possível por dissimulá-la, ou afastá-la do pensamento. O brinquedo que mais atraía a atenção geral era um cabo ou corda de través, que ia de um extremo a outro da praça e sobre o qual deslizava uma carretilha com manoplas. Um gosto pendurar-se a essas manoplas e ser arrastado pelo peso do corpo até o fim, onde um saco de paina amortecia o choque. A afluência aos balanços e lutas também era grande. Havia ainda cavalinhos de pau com um realejo a vapor, cuja música se espalhava no ar, de mistura ao cheiro da graxa do maquinismo.

Os sócios do Clube, que tinham assistido às cerimônias religiosas pela manhã, apresentavam-se magníficos com os seus distintivos cor-de-rosa e verdes; alguns deles, os mais foliões, tinham largas fitas de cores vivas nos chapéus. O velho Fletcher, cujas ideias a respeito de festas públicas eram severas, concretizava o seu protesto mostrando-se, através das janelas escancaradas da sua residência, de pé numa tábua posta sobre duas cadeiras, a caiar com uma broxa o forro do *hall*.

Lá pelas quatro horas entrou na cidadezinha um estrangeiro vindo das dunas. Atarracado e gordo, com um chapéu alto que parecia colhido no lixo, de tão amarrotado, arrepiado de pelos e sujo de pó. Mostrava-se cansado da caminheira, com as bochechas alternadamente a se encherem e a se desencherem de ar. A expressão do seu rosto denunciava pavor e seus movimentos eram de quem se move depressa menos por ter de chegar logo ao destino, mas para afastar de si pensamentos importunos. Dobrou a esquina da igreja e dirigiu-se para o albergue do sr. Hall. O velho Fletcher pôde observá-lo, e tanto se espantou com sua expressão de ansiedade que derramou metade da cal que tinha na lata. Também o dono de um jogo de argolas o pôde ver a contento, e contou mais tarde que ele havia passado pela sua barraca sem atentar em coisa nenhuma e a falar sozinho. O sr. Huxter notou a mesma coisa. Esse estranho desconhecido deteve-se à porta do albergue, visivelmente hesitante, conforme depoimento do sr. Huxter. Luta interna o fazia vacilar. Finalmente, decidiu-se e entrou, e ainda o sr. Huxter o viu trocar palavras lá dentro com o dono do albergue.

— Essa sala é reservada — gritara o sr. Hall, e o estrangeiro saíra dela e entrara no bar.

Minutos depois reaparecia na rua, limpando os beiços com o dorso da mão e mostrando-se (como Huxter depôs) mais calmo e satisfeito. Parou na rua, a olhar para um lado e outro, embora furtivamente atento ao portãozinho do pátio que dava para a janela da sala. Depois de alguma hesitação, encostou-se à grade do pátio, tirou do bolso um cachimbo de barro e ficou a enchê-lo. Seus dedos tremiam. Acendeu desajeitadamente o cachimbo, cruzou os braços e quedou-se a fumar em atitude absorta, desmentindo aliás essa atitude com os olhares furtivos que lançava para o pátio e para a janela da sala.

Tudo isso o sr. Huxter viu da sua tabacaria, e a singularidade daquela atitude o fez apurar-se na observação.

Súbito, o homem suspeito meteu o cachimbo no bolso e desapareceu no pátio. Certo de tratar-se de um gatuno vulgar, o sr. Huxter saltou o balcão e correu para a rua a fim de cortar-lhe a retirada. Mal acabava de o fazer e já o sr. Marvel reaparecia, com o chapéu de banda, uma trouxa numa das mãos e na outra três livros amarrados juntos; mais tarde se verificou que estavam amarrados com os suspensórios do vigário. Assim que Marvel deu de cara com o sr. Huxter, deitou a correr em fuga.

— Pega! Pega, ladrão! — gritou o sr. Huxter, voando-lhe no encalço.

O fugitivo correu na direção da igreja, dobrou a esquina e disparou rumo às dunas. O sr. Huxter o viu passar por perto da praça em festa, através dos galhardetes e das bandeirolas, mas sem que pessoa alguma desse tento nele. Pessoa alguma é modo de dizer. Dois sujeitos o notaram, a avaliar pela fixidez com que se puseram a olhar naquele rumo. Sr. Huxter prosseguiu na perseguição, gritando: "Pega! Pega, ladrão!". Súbito, viu-se agarrado por manoplas invisíveis. Perdeu o equilíbrio e foi de ponta cabeça ao chão. Estrelas fulguraram em seu cérebro, e depois tudo se apagou numa calma infinita. Desmaiara.

CAPÍTULO XI

No albergue

Para a boa compreensão do que se passara no albergue, temos de voltar atrás, ao momento em que o sr. Marvel caiu sob as vistas do sr. Huxter, oculto lá atrás do balcão da tabacaria.

Precisamente naquele instante, o sr. Cuss e o sr. Bunting estavam na sala, conversando muito a sério sobre as ocorrências da manhã e fazendo, com licença do sr. Hall, um exame nos pertences do Homem Invisível. Jaffers já melhorara da desastrosa queda e fora transportado para sua residência. Os pertences do hóspede haviam sido arrecadados do quarto pela sra. Hall, que lá fizera uma limpeza em regra, e na mesa próxima à janela onde o hóspede costumava trabalhar Cuss folheava um dos três livros encontrados, os três manuscritos, e com a etiqueta *Diário*.

— Diário! — murmurava Cuss, satisfeito. — Creio que por aqui poderemos descobrir o segredo de tudo.

Mas logo se decepcionou: Nada escrito nas primeiras páginas, e nada também nas outras. Só algarismos. Cálculos.

O vigário aproximou-se e espiou-lhe por cima dos ombros. Cuss voltava as páginas, desapontado, murmurando: — Só algarismos, meu caro. Só, só, só algarismos.

— Não haverá algum diagrama ou desenho que possa trazer luz ao problema? — indagou o sr. Bunting.

— Veja o senhor mesmo — respondeu Cuss. — Matemática pura e umas letras pelo meio dos números que parecem russo ou grego. Isto de grego é com o senhor, o sr. Bunting. É sua especialidade.

— Sem dúvida — concordou o vigário a limpar os óculos, lisonjeado e ao mesmo tempo incomodado, pois que já ia longe o grego que estudara na escola. — Sim, é grego, sim, e talvez tenhamos aqui uma pista.

— Vou procurar um bom pedaço para ser traduzido — disse Cuss.

— Prefiro antes examinar todo o volume — contraveio o sr. Bunting, inquieto. — A arte interpretativa, Cuss, manda que primeiro tomemos uma vista geral do conjunto e só depois disso desçamos aos detalhes.

O sr. Bunting tossiu, pôs os óculos, acomodando-os no nariz demoradamente. Tossiu de novo. Ganhava assim tempo, na esperança de que qualquer coisa sobreviesse que o tirasse daquele apuro. E essa esperada qualquer coisa sobreveio.

A porta abriu-se de repente.

Os dois homens estremeceram e voltaram-se, mas foi com imenso alívio que viram diante de si a cara vermelha de uma cabeça humaníssima, com cartola arrepiada no alto.

— É aqui o bar? — perguntou a cara, olhando para eles fixamente.

— Não — responderam ambos a um tempo. — Do outro

lado, meu homem — completou o sr. Bunting.

— E faça o favor de fechar a porta — ajuntou Cuss, aborrecido com a interrupção.

— Muito obrigado — disse o intruso, já numa voz muito mais amável e macia do que a princípio. — Estejam a gosto — e retirou-se.

— Deve ser algum marinheiro de folga — sugeriu o sr. Bunting.

— Pode ser — concordou Cuss. — Mas tenho hoje os nervos de tal modo irritados que qualquer coisa me assusta. Assustei-me com o brusco abrir da porta.

O sr. Bunting sorriu com superioridade, como se também ele não se houvesse assustado, e disse: — Muito bem. Voltemos aos livros.

Algo respirou no ar.

— Não há dúvida de que têm ocorrido coisas bem estranhas em Iping — disse o sr. Bunting, aproximando a sua cadeira da de Cuss. — Bem estranhas, sim. Apesar disso, não posso de nenhum modo admitir esse absurdo da invisibilidade de um homem. É contra a natureza. Um disparate físico.

— Verdadeiro disparate — ajuntou Cuss. — Não obstante, eu vi, eu espiei o vazio daquele corpo. Espiei-lhe dentro da manga...

— Mas espiou mesmo? Não teria sido vítima de uma alucinação? Olhe o que se dá com os espelhos. A gente vê neles a imagem — Vê! Vê! — E nada existe ali. Os prestidigitadores fazem coisas espantosas, e em matéria de ilusão de ótica existem verdadeiros assombros.

— Não vale a pena insistir nesse assunto, sr. Bunting. Já está esgotado. Debatemo-lo demais. O que cumpre é examinar estes livros e ler o que há neles escrito em grego. Esta palavra aqui, por exemplo, que significa? — e Cuss apontava para certo gatafunho traçado em caracteres misteriosos.

O sr. Bunting aproximou o rosto e depois tirou os óculos para limpá-los de novo. Era um grego escrito em admirável caligrafia, claríssimo, e, como todos os fiéis da sua paróquia juravam no seu latim e no seu grego, o pastor achou-se seriamente embaraçado. Deveria confessar a sua ignorância ou tentar ressurgir na memória algum elemento que o pudesse auxiliar na decifração? Nesse instante, sentiu uma forte pressão na nuca, como se mão vigorosa o estivesse forçando de encontro ao livro. E simultaneamente uma voz murmurou firme: Não se mexam ou quebro a cabeça dos dois.

Bunting espiou de relance a cara de Cuss, próxima da sua, e também afocinhada sobre o livro, e viu nela, como num espelho, o terror de que se sentia tomado.

— Lamento ter de tratá-los assim — continuou a voz —, mas não há outro jeito. — Que imprudência, essa de virem espiar os segredos de um sábio! — e tais palavras foram seguidas do esfregamento dos narizes dos dois curiosos pilhados em flagrante sobre as páginas do livro aberto.

— Quem os mandou meter o bedelho na vida alheia, hein? — e a esfregação continuou. — E onde anda a minha roupa? Escutem lá. A janela eu a fechei de modo a não poder abrir-se. Sou um homem forte e estou armado, além de que sou invisível. Bem sabem que eu podia matá-los a ambos, sem que ninguém pudesse socorrê-los. Estão ouvindo? Pois bem. Se querem que eu os deixe em paz hão de prometer a fiel execução do que vou dizer.

O vigário e o doutor Cuss entreolharam-se com caretas de assombramento e pânico.

— Prometo fazer o que quer — gemeu Bunting.

— Também eu — ajuntou Cuss.

A pressão que sentiam na nuca afrouxou incontinenti e os dois exegetas puderam erguer-se da incômoda e humilhante postura.

— Nesse caso, fiquem sentados onde estão e imóveis. Se fizerem um movimento, a arma que tenho ao meu lado entrará em jogo. Quando entrei nesta sala não esperava encontrar ninguém, mas esperava encontrar meus livros de notas e minha roupa. Onde está ela? Onde está a roupa que deixei neste albergue? Não se levantem, não. Já vi que não está aqui. O tempo anda de boa temperatura agora, mas as noites começam a esfriar. Necessito de roupas e de outras comodidades. Um homem invisível não pode dispensar semelhantes agasalhos. Preciso também desses livros. Foi para levá-los que cheguei até aqui.

CAPÍTULO XII

O Homem Invisível perde a calma

A narração tem de interromper-se neste ponto por uma razão que breve se tornará evidente. Enquanto esses fatos se desenrolavam na sala e o sr. Huxter espionava o sr. Marvel lá dos fundos da sua loja de cigarros, Henfrey e Hall, no bar, prosseguiam no debate do único assunto possível em Iping. Súbito, ressoou uma batida violenta na porta da sala, seguida de um berro, e o silêncio se fez de novo.

— Que é? — murmurou Teddy Henfrey, surpreso.

— Sei lá — rosnou o sr. Hall do outro lado do balcão.

Como homem positivo e experimental, o sr. Hall deu volta ao balcão e dirigiu-se à porta em causa. Aproximou-se dela, cauteloso, acompanhado de Henfrey, pressentindo qualquer coisa no ar. Um bafo de drogas químicas afetou-lhes o olfato, ao tempo em que lhes chegava ao ouvido um sussurro de vozes abafadas.

— Precisam de alguma coisa aí? — perguntou o sr. Hall, batendo à porta.

Por alguns instantes, o sussurro de vozes lá dentro cessou de chofre; depois recomeçou e subiu de tom, chegando a gritos. “Não! Não faça isso!”, e a seguir rumor de luta e queda de cadeira. Depois, silêncio.

— Que diabo será? — exclamou Henfrey, *sotto voce*.

— Não precisam de nada aí dentro? — insistiu o hoteleiro em voz mais alta, embora trêmula.

Dessa vez veio resposta, dada pelo sr. Bunting.

— Não é nada. Obrigado. Não se incomode...

— Estranho! — murmurou Henfrey.

— Estranhíssimo! — repetiu superlativamente o sr. Hall.

— Diz que não é nada — ajuntou Henfrey. — Tem graça. Disse isso e fungou.

Os dois ficaram atentos, a ouvir. A conversa na sala fechada era viva, mas em tom abafado. *Não posso*, gemeu em certo momento o sr. Bunting. *De nenhum modo farei isso, senhor*.

— Que é que ele diz? — indagou Henfrey, como se não houvesse ouvido bem.

— Diz que não fará isso. Será que está falando conosco?

— É vergonhoso! — gritou lá dentro o sr. Bunting.

— *Vergonhoso*, está dizendo ele — explicou Henfrey. — Ouvi perfeitamente.

— E agora, quem está falando? — quis saber o hoteleiro.

— Sr. Cuss — suponho. — Veja se percebe mais alguma coisa.

Silêncio. Os sons na sala tornavam-se indistintos.

— Pareceu-me ouvir barulho de quem sacode o pano da mesa... — aventou o sr. Hall.

Nesse momento, sra. Hall apareceu no bar, e seu marido fez-lhe gesto de silêncio, chamando-a. Como boa esposa, a sra. Hall resistiu ao chamado.

— Que é que vocês estão a espiar aí? Será que não descobriram divertimento melhor num dia de festa como este?

O sr. Hall procurou dar-se a entender por meio de gestos e caretas; a sra. Hall, entretanto, era a sra. Hall, e resistiu, e gritou mais alto, obrigando-os a deixar aquele posto de observação e irem explicar-lhe do que se tratava. Mesmo assim a sra. Hall recusou-se a dar-lhes crédito, e impôs silêncio ao marido para que Henfrey contasse sozinho a história. Em seguida, declarou que tudo não passava de uma bobagem dos dois, pois os homens lá dentro estavam apenas examinando a tralha do hóspede e nada mais.

— Mas ouvi a voz do sr. Bunting dizer "É vergonhoso" — afirmou o hoteleiro. — Isso juro que ouvi...

— Também ouvi, sra. Hall. Pode crer no que o seu marido está dizendo — ajuntou Henfrey.

— E que tem isso? — contraveio a mulher.

— Psiu! — fez Henfrey, de ouvido atento. — Um barulho na janela!...

— Em que janela?

— Da sala...

Puseram-se a ouvir com a máxima atenção. Os olhos da sra. Hall foram ter à tabacaria fronteira, àquela hora batida de sol, exatamente no instante em que o sr. Huxter aparecia à porta, gesticulando.

— Pega! Pega! — gritou ele, e correu em direção oblíqua ao pátio do albergue, escapando às vistas da hoteleira.

Simultaneamente rompeu um grande tumulto na sala misteriosa.

Hall, Henfrey e mais dois fregueses que estavam no bar precipitaram-se para a rua em atropelo e ainda puderam ver um vulto dobrar a esquina da igreja, na direção das dunas. Também viram o sr. Huxter, que perseguia o vulto, deter-se subitamente, como impedido por um obstáculo, e esborrachar-se no chão. Esse acidente atraiu os olhos de diversos transeuntes, que se puseram a correr para lá.

Estonteado pela queda, o sr. Huxter desistiu da perseguição. Hall, porém, e os dois fregueses do bar estavam convencidos de que o vulto era o Homem Invisível que se visibilizara, e foram-lhe no encalço. Não durou muito a caçada. Vinte metros adiante o sr. Hall soltou um berro e afocinhou na areia fragorosamente, arrastando na queda o freguês do bar que corria pouco atrás. O outro freguês, mais distanciado, entreparou ao ver aquilo; mas, julgando ocasional a queda, prosseguiu na perseguição. Passos além foi coibido por um esbarro semelhante ao que aluíra o sr. Huxter e também afocinhou. Ergueu-se logo e novo tranco — tranco de derrubar boi — projetou-o longe. Aquela série de inexplicáveis tombos impressionou muitos pedestres em trânsito pela rua, fazendo-os correr rumo à esquina. Entre eles o homenzarrão que manipulava a barraca do jogo de argolas, um verdadeiro gigante vestido de malha azul. Correra a verificar a causa daquilo e verificou-o à custa própria. Algo lhe atravessou entre as pernas e o fez desabar qual torre. Outro transeunte que o seguia muito de perto não pôde desviar-se a tempo; tropeçou em seu corpo e lá se foi de prancha. O magote que vinha correndo atrás apisoou terrivelmente a ambos.

Assim que o sr. Hall, Henfrey e os dois fregueses deixaram o albergue, a sra. Hall, que tinha muita experiência do mundo, foi postar-se de guarda à caixa para evitar que algum curioso viesse examinar a féria do dia. Estava nisso quando viu escancarar-se a porta da sala e surgir o sr. Cuss, que, sem deter-se para qualquer explicação, precipitou-se para a rua, rumo à esquina, gritando:

— Segurem-no! Não o deixem largar a trouxa! Enquanto estiver com a trouxa estará se denunciando!

Cuss ignorava a existência do sr. Marvel, como ignorava que o sr. Marvel havia recebido pela janela a trouxa e os livros jogados pelo Homem Invisível. O seu rosto refletia cólera represa e decisão, mas seu corpo mostrava-se insuficientemente vestido. Só na Grécia, onde os homens andavam de saia branca, poderia ser ele tolerado em fraldas de camisa como se achava.

— Agarrem-no! — urrava Cuss. — Levou-me as calças e toda a roupa do pastor! Vá socorrer o sr. Bunting! — disse, ao passar por Henfrey, e voou na direção da esquina, a reunir-se ao grupo que lá gesticulava.

Alguém, entretanto, pisou-lhe violentamente um pé e o fez rolar por terra. Cuss urrou e lutou por erguer-se; verificou afinal que não estava perseguindo a ninguém, e sim sendo perseguido. O grupo da esquina já refluía em fuga. Cuss ergueu-se e apanhou uma bofetada no pé do ouvido. Isso o decidiu a regressar precipitadamente para o albergue, o que fez dando um pulo por cima do sr. Huxter, ainda espapaçado na areia.

Ao pisar os degraus da hospedaria, ouviu atrás de si um grito de raiva, seguido do estalar de uma bofetada. Reconheceu imediatamente a voz do Homem Invisível.

Um segundo depois, estava o sr. Cuss dentro da sala do albergue, a gritar: — Ele vem vindo, sr. Bunting! Esconda-se!

O pastor achava-se junto à janela, tentando abrigar sua nudez num tapete e num exemplar da *West Sussex Gazette.*

— Quem vem vindo? — murmurou o mísero, atrapalhando-se na manutenção do seu novo vestuário.

— O Homem Invisível! — gritou Cuss. — Temos de safar-nos daqui. Está furioso, batendo em todo mundo. Louco, louco!...

E Cuss saltou para o pátio pela janela.

— Deus do céu! — gemeu o sr. Bunting, hesitante, entre aquelas duas terríveis alternativas. Mas o barulho de luta que ouviu na porta do albergue fê-lo decidir-se. Trepou ao peitoril e, sempre agarrado ao novo vestuário, saltou fora, fugindo para sua casa com a maior rapidez possível às perninhas curtas e gordas com que a natureza cruel o dotara...

Não tentarei descrever o que ocorreu entre o grito de raiva do Homem Invisível na porta do albergue e a fuga do sr. Bunting envolto no tapete e na *West Sussex Gazette*. Evidentemente, a ideia do Homem Invisível era cobrir a retirada de Marvel, o condutor da sua trouxa e dos seus livros. Parece, porém, que o seu mau gênio o fez perder de vista essa primitiva intenção, pois passou a bater-se com a população inteira de Iping, como se tomado de súbito acesso de loucura.

Figure-se a rua cheia de gente a correr, com portas que se fechavam e gente que se atropelava para ganhar os lugares seguros. Rompia-se o equilíbrio normal da pacata aldeia; e até o equilíbrio do andaime sobre o qual o velho Fletcher caiava o teto de sua residência foi rompido com cataclísmicas consequências.

A vaga de terror prosseguia, e levou de roldão um casal de namorados em idílio num balanço da praça, desmontou a festa, tangeu todo mundo para dentro das casas. Só se ouvia um rumor: o de janelas e portas que se trancavam com todos os ferrolhos. Não ficou sinal de bípede implume na rua pouco antes repleta. Em compensação, nunca houve em Iping tantos olhos que ficassem ansiosamente espiando por detrás das vidraças.

O Homem Invisível divertiu-se ainda algum tempo a quebrar as janelas do albergue. Depois arrancou um dos lampiões da rua e jogou-o para dentro da sala da sra. Grogram. Deve ter sido ele também o autor do corte dos fios telegráficos da linha Iping-Adderdean, perto da casa de Higgins. Depois disso, desapareceu. Mas desapareceu completamente. Nunca mais foi sequer pressentido naquela aldeia.

CAPÍTULO XIII

Marvel pede demissão

Quando começou a escurecer e Iping ia criando coragem para espiar os escombros da sua festa estragada por aquele terremoto, um homem arrasado, de cartola amarrotada, pernas trôpegas, arrastava-se sob as tílias marginais da estrada de Blamblehurst. Levava três livros atados com um suspensório de elástico e uma trouxa. Sua cara vermelha mostrava todos os sinais do cansaço e da consternação; mesmo assim seguia apressado. Uma voz, que não era a sua, acompanhava-o, e se a espaços ele recalcitrava, sofria as injunções de um punho que também não era seu.

— Caso tente escapar outra vez — dizia a voz — ou faça o menor gesto de fuga, já sabe o que acontece.

— Deus do céu! — exclamou o sr. Marvel. — Meu ombro está a arder de tamanhos trancos.

— Palavra de honra que o mato! — dizia a voz. — Mato-o...

— Eu não tentei fugir, senhor — e a voz de Marvel fazia-se quase chorosa. — Juro que não tentei fugir. Apenas desconhecia aquele abençoado desvio da estrada. Não era caso de ser batido como fui.

— E será batido muito mais ainda, se não der tento ao que digo — avisou a voz, em tom que fez o sr. Marvel calar-se, embora a exprimir nos olhos toda a eloquência do desespero.

— Foi muito mau que aqueles miseráveis mexessem no meu segredo sem que você interviesse para lhes arrebatar os livros — continuou a voz. — A sorte deles foi terem fugido a tempo. Agora aqui estou em zona onde ninguém sabe que sou invisível. Que fazer? Que fazer?

— E eu, então? — sussurrou o sr. Marvel.

— Sinto-me perdido — continuou a voz em tom de consternação. — O caso vai parar nos jornais. Torna-se público. Toda a gente põe-se em guarda contra mim. Vão procurar-me por toda parte...

A voz continuou a lamuriar, por entre pragas, fazendo com que o desespero do sr. Marvel crescesse e o seu passo, já trôpego, afrouxasse.

— Vamos! — estumou a voz. — Nada de fraquezas.

Marvel não podia mais consigo.

— Segure direito os livros, estúpido! — advertiu a voz, colérica. — Vai deixá-los cair. E pensar que tenho de servir-me de semelhante estupor! Mas não há remédio ...

— Eu sou um pobre diabo, senhor — gemeu Marvel.

— Sei disso.

— Sou um péssimo instrumento, o pior instrumento que o senhor poderia encontrar para o que deseja. — E depois de uma pausa: — Fraco, doente, exausto...

Sim? — motejou a voz com ironia.

— Meu coração funciona mal. Saí-me bem da primeira empresa, é verdade, mas por um triz não foi tudo por água abaixo.

— E então?

— Não tenho nervos bastante fortes para o ajudar no que quer, senhor.

— Eu fortalecerei esses nervos.

— Prefiro que não. Prefiro não me meter com os seus planos, senhor. Sou capaz de estragá-los sem o querer. Fraco demais, senhor...

— Reaja. Trate de ser forte — replicou a voz, com calma.

— É injusto isso, senhor. O senhor tem de admitir que é injusto. Parece-me que tenho o direito de...

— Vamos! Não pare! — gritou a voz.

— Está difícil, está difícil... — gemeu desanimado o pobre homem.

Houve um intervalo de silêncio, e Marvel, vendo que por aquele caminho nada ia, resolveu empregar outra tática.

— Mas, afinal de contas, que é que lucro com isso? — começou ele. — Que é que lucro, diga-me, senhor?

— Cale a boca, diabo! — tornou a voz, com violência no tom. — Eu cuidarei de você em tempo oportuno. Faça o que mando e tudo acabará bem. Sei que é um imbecil, mas mesmo assim me será útil.

— Já disse, senhor, que não sou homem para estas aventuras. Não sou o homem de que o senhor necessita, com todo o respeito o digo, senhor.

— Se não cala já essa boca — rosnou a voz, torço-lhe o braço outra vez. Quero sossego. Preciso refletir.

Nesse momento, luzes brilharam por entre as árvores e ao longe desenhou-se a torre de um campanário.

— Temos de atravessar aquela aldeia e eu seguirei com a mão em seu ombro, ouviu? Trate de agir muito corretamente para evitar mal maior. Qualquer burrada que tente será um desastre para você.

— Sei disso — gemeu o sr. Marvel, suspirando. — Sei disso...

E a aldeia foi atravessada por aquele homem tão triste, tão desanimado, a carregar com tamanho desalento e tamanha má vontade aquela trouxa e aqueles livros. Foi atravessada, e breve remergulharam ambos no escuro da estrada deserta, deixando lá atrás as luzinhas mortiças.

CAPÍTULO XIV

Em Port Stowe

As dez horas do dia seguinte, de barba recrescida, sujo de pó, exausto, mãos afundadas no bolso, inquieto e a assoprar, naquele seu hábito de inchar as bochechas e esvaziá-las, o sr. Marvel foi visto num banco exterior de um humilde albergue dos arredores de Port Stowe. Ao seu lado jaziam os três livros, agora amarrados com barbante. A trouxa fora abandonada na floresta existente além de Blamblehurst em virtude da mudança de planos do Homem Invisível. O sr. Marvel não atraía a atenção de ninguém; mesmo assim, a sua agitação era grande. Continuava febril, a remexer continuamente os bolsos.

Já estava ali há quase uma hora quando um velho marinheiro saiu do albergue e veio sentar-se ao seu lado com um jornal na mão.

— Belo dia! — exclamou o marinheiro para puxar prosa.

Marvel encarou-o com verdadeiro terror nos olhos e respondeu mecanicamente:

— Muito belo, não há dúvida, senhor.

— Tempo justo como deve ser nesta estação do ano — continuou o marinheiro.

— Isso mesmo — gemeu Marvel.

O marinheiro puxou um palito e pôs-se a palitar os dentes. Enquanto isso, examinava a sujeira do sr. Marvel e os livros que ele tinha ao lado. Súbito ouviu um tinir de moedas em seu bolso. O contraste entre a miséria externa e a riqueza interior impressionou o marinheiro e fê-lo voltar à ideia que lhe acudira momentos antes.

— Livros? — perguntou, guardando o palito.

— Sim, livros — murmurou Marvel, pondo os olhos neles.

— Os livros costumam trazer coisas extraordinárias,

— observou o marinheiro.

— É verdade — concordou Marvel.

— Mas também fora dos livros há coisas bem extraordinárias — prosseguiu o marujo.

— Não há dúvida de que há — assentiu o sr. Marvel, lançando um olhar de desconfiança ao interlocutor.

— Nos jornais, por exemplo, aparecem coisas extraordinaríssimas — acrescentou o marinheiro.

— É. Aparecem.

— Neste aqui, por exemplo — disse o marinheiro.

— Ah!...

— Acabo de ler uma história espantosa — disse o marinheiro, fixando os olhos no sr. Marvel. — A história de um homem invisível.

Marvel procurou segurar a cara para não trair sua impressão e, fingindo indiferença, perguntou em voz débil: — E onde foi isso? Na "Ostria" ou na América?

— Nem numa nem noutra. *Aqui.*

— Quê? — exclamou Marvel, erguendo-se de um salto.

Mas o marinheiro sossegou-o, rindo-se da sua ingenuidade.

— Quando digo *aqui*, não quero dizer que é aqui onde estamos, mas sim aqui na zona, cá por estas bandas.

— Um homem invisível? — murmurou o sr. Marvel mais aliviado. — E que faz ele?

— Tudo — respondeu o marinheiro, fiscalizando-o com os olhos. — Tudo que quer. Faz coisas terríveis...

— Não tenho lido os jornais estes últimos dias — sussurrou Marvel.

— Foi em Iping que a coisa começou.

— Realmente?

— Começou lá, sem que ninguém soubesse de onde veio esse homem. Aqui está a história: "Singular aventura em Iping". E o jornal traz as provas, as testemunhas todas. Parece que a coisa é bem verdadeira.

— Meu Deus! — exclamou o sr. Marvel.

— Um caso singularíssimo. Há um pastor e um médico que viram tudo, isto é, não viram o homem, pois que é invisível, mas sentiram-no. Ele esteve hospedado no albergue Coach & Horse sem que ninguém desconfiasse de nada, até que no correr de uma discussão — é o que o jornal diz — arrancou umas faixas que trazia no rosto e todos viram que não tinha cabeça ou que a sua cabeça era invisível. Foi feita uma tentativa para agarrá-lo. Ele, porém — diz o jornal — escapou, depois de furiosa luta em que ficou bastante ferido um excelente oficial da polícia, o sr. J. A. Jaffers. Interessante, não? Nomes, datas, tudo certinho.

— Meu Deus! — exclamou de novo o sr. Marvel, olhando nervosamente em torno como que tomado de ideia súbita. Contou pelo tato as moedas que tinha no bolso e respondeu distraído: — ´É realmente extraordinário!

— Não é mesmo? Eu confesso que nunca em minha vida ouvi falar em homem invisível, nunca! Hoje em dia, porém, sucedem-se as coisas mais espantosas...

— E foi só isso o que ele fez? — indagou o sr. Marvel.

— Acha pouco?

— Acabou então fugindo, ou sumindo, não é assim?

— Exatamente. Sumiu-se — confirmou o marinheiro.

— Mas era só? — perguntou Marvel comprometedoramente. Não tinha companheiros ou cúmplices? — e sua voz fez-se ansiosa.

— Por Deus! Acha então pouco? Queria que houvesse mais de um? Graças aos céus o homem invisível está só.

E o marinheiro pendeu a cabeça sobre o peito, a refletir.

— Incomoda-me saber que tal criatura vive por estas bandas, e há circunstâncias indicando que tomou a direção desta cidade. Vê? Podemos estar com ele *aqui*! E não se trata de nenhum charlatanismo. Reflita só no que esse homem pode fazer. Que seria do senhor, por exemplo, se ele empinasse o gargalo um pouco fora de conta e viesse divertir-se à sua custa? Suponha que queira roubá-lo: como evitará isso? Ele pode matar, pode roubar, pode atravessar pelo meio de um pelotão de soldados com a facilidade com que um de nós pode esgueirar-se por entre um bando de cegos. Mais facilmente ainda, porque os cegos não veem, mas possuem ouvidos que valem a vista, disseram-me.

— Não há dúvida de que esse homem possui uma superioridade tremenda sobre os demais — advertiu o sr. Marvel.

— Isso mesmo — assentiu o marinheiro. — Tremenda!

Todo o tempo o sr. Marvel esteve a atentar ao redor de si, procurando apanhar os mais leves ruídos, e em certo momento tomou uma resolução: tossiu, olhou de novo ao redor e, súbito, inclinou-se para o marinheiro e sussurrou-lhe em voz apagada:

— Cá entre nós: eu sei sobre esse homem invisível alguma coisa que os jornais ignoram.

— Quê? — exclamou o marinheiro atônito. — O senhor?

— Eu, sim — afirmou Marvel, relanceando o olhar em torno.

— É extraordinário! — exclamou o marinheiro. — E não poderia...

— Se lhe contar, o senhor abrirá a boca — prosseguiu Marvel, falando-lhe ao ouvido. — É tremendo!

— De fato? — fez o marinheiro.

— A coisa é assim — ia dizendo o sr. Marvel, mas a sua expressão mudou subitamente. — Oh! — exclamou, erguendo-se do banco com cara de sofrimento — Oh! Não!

— Que aconteceu? — perguntou o marinheiro atônito.

— Uma pontada no fígado — foi a resposta de Marvel, que em seguida tomou os livros como para retirar-se. — Preciso ir-me. Estou mal — disse, recuando para o extremo do banco.

— Escute! — tornou o marinheiro. — Continue. Que é que ia dizendo do tal homem invisível? Estou curioso.

O sr. Marvel vacilou na resposta, enquanto a voz lhe cochichava ao ouvido: *Mistificação.*

— Mistificação — repetiu alto o sr. Marvel.

— Mistificação, como? Se está no jornal com todos os detalhes? — contraveio o marujo.

— Não impede que seja mistificação — insistiu o sr. Marvel. — Eu conheço o tratante que deu começo a isso. Não há homem invisível nenhum. Besteira.

— Com que então, tudo isto que está neste jornal...

O marinheiro arregalou os olhos, sacudindo a folha no ar.

— Espere aí — disse depois, erguendo-se. — Pretende o

senhor dizer que...

— Pretendo dizer o que disse — afirmou Marvel.

— Por que, então, me deixou contar a história inteira até o fim, simulando que acreditava? Quis fazer-me de bobo, não é?

O sr. Marvel assoprou, a suar frio. O marinheiro estava furioso e rubro de cólera. Seus dedos se crispavam.

— Levo a falar nisso dez minutos e o cara de estupor põe-se a fingir o inocente, para no fim de tudo vir-me com essa? Grandissíssimo lorpa! Não sei onde estou que não achato essa indecência de nariz...

— Vamos embora — sussurrou a voz, e o sr. Marvel deixou-se arrastar, trôpego, a caminhar aos arrancos.

— Faz bem em ir-se! — gritou o marinheiro.

— *Quem* está indo? — disse ainda o sr. Marvel, e lá se foi como que aos trancos, tal o preso que caminha entre soldados brutais. Pouco adiante, já na estrada, rompeu em protestos, enquanto o marinheiro, na porta do albergue, de pernas abertas e mãos na cintura, ainda o insultava:

— Estúpida besta! Apareça-me outra vez pela frente que o ensino a não me fazer de bobo. O lixo...

O sr. Marvel desapareceu numa curva da estrada. O marinheiro ficou ali ainda algum tempo, aos resmungos, até que a carrocinha de carne o veio desalojar do caminho. Tomou então rumo à cidade, murmurando consigo: "O mundo está cheio de criaturas extraordinárias. Esse cujo. A querer bobear-me, o estupor! *Mistificação*! Mistificação o nariz dele... Pois se está no jornal como há de ser mistificação? Testemunhas aos montes...".

Mais tarde, o nosso marinheiro veio a saber de um fato igualmente espantoso que ocorrera por lá. O aparecimento de um punhado de moedas que caminhavam por si ao longo do passeio, na Rua St. Michael. As moedas andavam agarradas umas às outras, como se sustidas por invisível punho. Outro marujo observara aquilo naquela mesma manhã, e como avançasse para pegar o dinheiro levou um murro no queixo que o pôs nocaute. Ao erguer-se, o dinheiro voador havia desaparecido. O primeiro marujo, apesar de apto a admitir tudo, achou aquilo um "pouco demais". Dias depois teve de reconsiderar esse juízo.

A história das moedas que voavam era verdadeira. De muitos pontos, a começar do *London and County Banking Company*, incluindo várias casas de comércio de Port Stowe, o dinheiro em ouro não fechado nos cofres deu de sair de onde estava e de andar sozinho pelas ruas, até ir ter aos bolsos do homem de cartola amarrotada visto no banco do albergue.

Só dez dias mais tarde, quando a história do que vamos contar no capítulo seguinte ia envelhecendo, é que o primeiro marujo ligou os fatos e verificou ter estado muito, mas muito perto do misterioso Homem Invisível...

CAPÍTULO XV

O homem que corria

Ao entardercer daquele dia, dr. Kemp, médico de Port Burdock, encontrava-se em seu estúdio, no belvedere de uma vila situada em lugar elevado e de onde se dominava toda a cidade. Era um agradável cômodo aquele, com janelas abrindo para norte, sul e oeste, e estantes pejadas de livros e publicações científicas, além de ampla mesa de trabalho na qual se viam um microscópio, lâminas, frascos de drogas e tubos de cultura bacteriana. Embora ainda houvesse luz no céu, a lâmpada do estúdio já estava acesa. As janelas tinham os estores erguidos; sua altura não permitia que os passantes metessem o nariz ali dentro. O dr. Kemp era ainda bastante moço. Alto e magro, com cabelos e bigodes excessivamente loiros. Estudava muito, levado pela ambição de penetrar na Royal Society.

Seus olhos acabavam de erguer-se do trabalho em que se entretinha para se deterem, absortos, no céu muito lindo, aquela hora ensanguentado pelo crepúsculo. Por um momento, ficou, de lápis nos lábios, admirando o belo efeito de luz das nuvens, franjadas de fogo. Súbito, sua atenção foi atraída pela silhueta negra de um vulto distante que corria pelo sopé da colina. A vila do dr. Kemp ficava no extremo da cidade; era das últimas; adiante só existiam, isoladas, três ou quatro mais; depois vinha a colina mansa ao pé da qual passava a estrada. Era um vulto atarracado, de chapéu alto; corria tão rápido que mal se podia distinguir o movimento de suas pernas.

— "Mais um assustado com as tais histórias do Homem Invisível", murmurou o médico. "Não sei o que deu nesta gente por aqui. Tenho a impressão de que voltamos ao século treze.

Ergueu-se e foi da janela seguir os movimentos do homem em fuga.

"Está terrivelmente apressado, não há dúvida; mas sua corrida não rende. Parece ter os bolsos cheios de chumbo..."

As casas que havia adiante a espaços tiravam do seu campo de visão o vulto do homem que corria. Por três vezes, viu-o aparecer e sumir-se escondido por elas. Afinal, a própria disposição do belvedere impediu-o de acompanhar a cena.

"Pedaços de asnos", murmurou o dr. Kemp, voltando à mesa de trabalho, e retomou a leitura interrompida.

Já as pessoas que estavam na rua, e viram mais de perto o homem que corria, de nenhum modo chegaram às mesmas conclusões. Ao contrário. Impressionaram-se vivamente com a expressão do terror que ele mostrava e com o tinir metálico de seus bolsos cheios. O homem corria vascolejadamente, com o ruído de uma bolsa de moedas que alguém sacode, e não olhava nem para a direita nem para a esquerda. Olhava firme para a frente, como se seu objetivo fosse asilar-se em algum ponto da aldeia. Sua boca, torcida pelo esgar do terror, espumejava, e sua respiração era dolorosamente arquejante.

Passou por vários observadores, que lá ficaram, estarrecidos, a fazer suposições sobre os motivos de tão desesperada fuga.

Nisso um cachorro, que vagabundeava por ali, latiu amedrontado e correu de cauda entre as pernas a esconder-se no jardim mais próximo. Não demorou muito e os curiosos que se foram ajuntando na rua ouviram distintamente um *tap tap tap* de passos surdos, em ritmo com ofegos de cansaço; mas isso no ar, como coisas do vento.

Não foi preciso mais. Estabeleceu-se o pânico. Uns gritaram. Outros correram. Num momento, a rua esvaziou-se e só se viam vultos metendo-se pelas casas atropeladamente e trancando portas e janelas. Enquanto isso, o sr. Marvel prosseguia na sua fuga desesperada. Era como o arauto do terror. Sua passagem anunciava a proximidade do inimigo.

— O Homem Invisível! O Homem Invisível vem vindo! — foi a senha que se propagou com a velocidade do raio, deixando a aldeia completamente deserta.

CAPÍTULO XVI

No Jolly Cricketers

O Jolly Cricketers fica ao sopé da colina, onde começa a linha de bondes. O *barman*, um homem vermelhaço, estava de cotovelos fincados no balcão conversando sobre cavalos com um cocheiro de cabriolé. Havia ainda lá mais dois fregueses: um homem de barba preta, que tomava cerveja e mastigava sanduíches, e um policial de folga. O barba preta contava ao policial qualquer coisa em gíria americana.

— Estou ouvindo gritos — disse de súbito o cocheiro, interrompendo a prosa e indo espiar à janela.

— Incêndio com certeza — sugeriu o *barman*.

Rumor de passos lá fora, passos pesados e trôpegos que se aproximavam. Um freguês. Meteu a cabeça pelo vão da porta, apenas entreaberta e segura por uma correia. Uma cabeça que era a imagem do terror. Sem chapéu, faces em lágrimas, cabelos revoltos. Impedido de entrar pela correia que mantinha entreaberta a porta, deu trancos frenéticos para arrombá-la, gritando:

— Vem vindo! O Homem Invisível vem vindo! Vem atrás de mim! Pelo amor de Deus, acudam-me!...

— Fechem as outras portas! — gritou o policial. — Quem é que vem vindo, homem? Que pavor é esse? — e foi ele mesmo tirar a correia para dar entrada ao apavorado freguês, enquanto o homem de barba preta corria o ferrolho nas demais.

Marvel entrou com os olhos esgazeados e ainda com o pacote de livros debaixo do braço.

— Quero ir para dentro! — gritou. — Deixem-me ir para os fundos! Escondam-me! Tranquem-me num quarto! Depois contarei tudo. Fugi dele e ele vem me perseguindo de faca em punho! Quer me matar!...

— Você está seguro aqui, homem — declarou o barba preta. — Todas as portas já estão trancadas. Conte o que há.

— Lá dentro! Fechem-me lá dentro! — continuava a gritar Marvel. E como nesse instante a porta de entrada estremecesse, esmurrada com violência do lado de fora, a pobre criatura desferiu um uivo inarticulado de pavor. Novos trancos sacudiram a porta de entrada, entre berros, para que a abrissem.

— Olá! Quem está aí fora? — gritou o policial.

O sr. Marvel agitava-se, tonto de terror, girando sobre si à procura de refúgio, com os olhos a lhe saltarem das órbitas. Parecia querer entrar pelas paredes adentro.

—Ele me mata! — gemia o mísero. — Vem de faca em punho! Pelo amor de Deus, me salvem!

— Passe para cá! — disse o *barman*, abrindo a tampa do balcão.

Marvel não esperou segundo convite, e, como lá fora continuassem os berros intimativos para que abrissem, implorou de mãos postas: — Não abram, pelo amor de Deus! Por misericórdia, não abram!

— O Homem Invisível, hein? — rosnou o barba preta. Ótimo. Já era tempo de que o "víssemos".

Nisso a vidraça de uma das janelas rebentou em esti- lhas fragorosamente, e a esse rumor casaram-se gritos de raiva na rua. O policial, que havia trepado a um tamborete para espiar fora, desceu de olhos arregalados. — É isso — foi tudo quanto murmurou.

O *barman* estava de pé na porta que ligava a sala do bar ao *parlour*, no qual acabava de meter o aterrorizado Marvel; contemplou de lá os estragos da janela e veio reunir-se aos demais.

Fizera-se um impressionante silêncio. Os murros na porta e os gritos haviam cessado.

— Eu só queria ter aqui o meu cassetete — murmurou o policial, aproximando-se resolutamente da entrada. — Assim, desarmado como estou, se abrirmos ele entra. Não há jeito de o evitar.

— Não pense em abrir a porta, homem de Deus! — exclamou o cocheiro. — Que pressa a sua?

— Vai abrir, sim — gritou o barba preta, sacando o revólver. — Eu dou conta do tal fantasma...

— Isso, não! — contraveio o policial. Não posso admitir assassínios em minha presença.

— Conheço o país onde estou — insistiu o barba preta. — Atiro nas pernas. Abra a porta! — e ficou de revólver apontado.

Como ninguém o atendesse, foi ele mesmo abrir, sempre de revólver apontado.

Mas ninguém entrou e ficaram todos em silêncio, à espera. Minutos depois uma cabeça cautelosa apareceu — um segundo cocheiro — e sua cara mostrou espanto de ver aqueles homens em tal atitude defensiva.

O sr. Marvel entreabriu a porta do *parlour* para espiar o que havia, e vendo tudo calmo sugeriu: — Ele deve estar rodeando a casa. É fino como o demo.

Aquela sugestão fez o *barman* estremecer.

— Deus do céu! — exclamou. — Esquecemos de trancar a porta dos fundos, e há ainda o portãozinho de serviço, no quintal...

Disse e correu para dentro da casa. Um minuto depois reaparecia, com uma grande faca na mão.

— Estava aberta! — murmurou, ainda com os lábios trêmulos. — A porta dos fundos estava aberta!...

— Nesse caso é possível que ele já esteja aqui — lembrou o cocheiro número um.

— Na cozinha vi que não está — disse o *barman*. A cozinheira e a ajudante estão lavando pratos e eu esfaqueei o ar em todas as direções com esta aqui. As mulheres acham que ele não entrou. Teriam percebido.

— E o senhor fechou a porta? — quis saber o cocheiro.

— Sei lá! — respondeu o *barman*. — Estou que não sei de mais nada.

O barba preta guardou o revólver. Nesse momento a tampa do balcão ergueu-se e fechou-se com estrondo, e a seguir a porta do parlour abriu-se por si mesma. Marvel, lá dentro, deu um grito de lebre estrangulada. Todos correram em seu socorro, e o barba preta desfechou um tiro de revólver cuja bala espatifou um grande espelho de parede.

O *barman* foi o primeiro a entrar, e viu Marvel embolado no chão, agarrado à porta que ia ter à cozinha. Lutava para não ser arrastado para lá. Fincava os pés no assoalho e ia-se firmando ao que podia, como a resistir a invisíveis safanões. Por fim, vencido, foi levado de tranco para a cozinha.

O policial afastou o *barman* da sua frente e precipitou-se para a cozinha, seguido do cocheiro, conseguindo agarrar a mão invisível que estrangulava Marvel. Mas recebeu formidável murro no queixo e recuou aos cambaleios. Marvel nesse momento desvencilhou-se da manopla que o dominava e fez uma tentativa para esconder-se atrás da porta, ao tempo em que o cocheiro segurava ao acaso qualquer coisa no ar.

— Agarrei-o! — gritou.

As mãos do *barman* também agarraram qualquer coisa no ar. — Está seguro! — berrou ele.

Marvel aproveitou-se daquilo para lançar-se ao chão e,

de gatas[2], escapar por entre as pernas do bolo humano empenhado na luta. Súbito, um grito de dor e raiva. Era a voz do Homem Invisível, cujo pé descalço fora esmagado pela patorra do policial. Urrou e redobrou de fúria. O cocheiro, colhido por tremendo murro na boca do estômago, embolou. A porta do *parlour* que abria para o bar bateu com violência, cobrindo a retirada estratégica de Marvel, e os homens em luta na cozinha perceberam de súbito que estavam se batendo contra o ar vazio.

— Para onde teria ido ele? — gritou o barba preta. — Fugiria?

— Saiu por ali! — berrou o policial, precipitando-se para o pátio. Mas logo entreparou. Um caco de telha silvara, passando de raspão sobre sua cabeça e indo despedaçar um prato na cozinha.

— Eu já mostro! — roncou o barba preta apontando o revólver e detonou-o cinco vezes, distribuindo cinco balas em forma de leque na direção de onde viera o caco de telha.

Fez-se silêncio.

— Cinco balas — garganteou o barba preta. — Isto é o que ainda há de melhor. Quatro ases e um coringa. Vejam-me uma lanterna. Vamos procurar o cadáver.

(2) Expressão que significa andar de quatro ou engatinhar.

CAPÍTULO XVII

O visitante do dr. Kemp

O Dr. Kemp retomara a sua leitura e assim ficou até que os cinco tiros lhe atraíssem a atenção. *Pan, pan, pan, pan, pan...*

— Ei! — exclamou, fechando o livro e apurando os ouvidos. — Quem será que anda a fazer exercícios de tiro? Estes eternos asnos...

Ergueu-se, foi à janela sul e, nela debruçado, perquiriu a massa negra de tetos da aldeia adormecida. Notou em certo ponto algo anormal.

— Parece haver qualquer coisa no "*Jolly Cricketers*"...

Seus olhos erraram por aquelas sombras pontilhadas de luzes. Ao longe, o cais, com navios atracados. A lua em minguante erguia-se sobre a colina, e estrelas brilhavam vivas no céu profundo.

Após cinco minutos, em que seu cérebro pervagou por várias hipóteses científicas sobre as condições sociais da humanidade, o dr. Kemp deixou escapar um suspiro, desceu o estore e voltou à mesa de trabalho.

Mais ou menos uma hora depois a campainha elétrica soou. O dr. Kemp estivera a tomar notas, com intervalos de abstração, desde o momento em que ouvira os tiros. O toque da campainha o pôs alerta. Ouviu os passos da criada que fora atender e esperou. Mas a criada não mais deu sinal de si.

— Que será? — murmurou consigo o médico, procurando retomar o trabalho interrompido. Não pôde. Levantou-se, foi ao patamar e, debruçando-se no balaústre, gritou:

— Carta, Mary?

— Não, senhor. Algum engraçadinho tocou a campainha e desapareceu — foi a resposta da mulher.

"Estou inquieto hoje", pensou de si para si o médico ao retornar ao estúdio, "mas tenho de vencer-me" — e entregou-se de rijo ao trabalho.

Pouco depois, estava já totalmente absorvido em sua obra. No silêncio da sala, só se ouvia o tique-taque do relógio e o deslizar da pena sobre o papel, no círculo de luz que o abajur projetava sobre a mesa.

Às duas da madrugada deu por finda a tarefa da noite. Levantou-se, bocejou e dirigiu-se para o quarto. E já havia tirado o paletó quando sentiu sede. Tomou da vela e desceu à sala de jantar em busca de um sifão e de uma garrafa de uísque.

Os estudos científicos do dr. Kemp haviam-lhe apurado o senso de observação, de modo que ao atravessar o *hall* notou certa mancha no linóleo, perto do capacho da escada. Subiu ao quarto e lá, de súbito, voltou a pensar naquilo. Que mancha seria aquela? Seu inconsciente pusera-se a trabalhar e o dr. Kemp não resistiu. Desceu de novo para examinar a mancha, que com certa surpresa verificou ter a consistência e o tom de sangue coagulado.

Tornou aos seus aposentos olhando ao redor, à procura de uma explicação para aquilo. No patamar, assustou-se. O trinco da porta do seu quarto estava também manchado de sangue.

O dr. Kemp examinou as mãos. Nesse momento, lembrou-se de que ao sair do quarto encontrara a porta aberta e, pois, não havia tocado no trinco. Mesmo assim penetrou no quarto, mais resoluto do que nunca. Seus olhos correram todo o aposento inquisitivamente e detiveram-se na cama. Viu a colcha manchada de sangue e o lençol rasgado. Lembrou-se de que ao vir do estúdio não olhara para a cama, de modo que não pôde saber se era coisa recente ou não. A cama mostrava todos os sinais de um corpo ter-se deitado nela.

Nisso ouviu uma voz suspeita que dizia:

— Meu Deus! Kemp!

Mas o dr. Kemp não acreditava em vozes, e ficou a atentar na cama. Uma voz? Seria uma voz? Ou simples alucinação auditiva? Olhou em torno. Nada viu de anormal, além da desordem do leito. Súbito, percebeu distintamente um rumor do lado do banheiro, e como todos os homens, ainda os mais cultos, conservam um fundo de superstição, sentiu acordar em si um vago pavor de espectros. Foi fechar a porta e dirigiu-se ao gabinete de *toilette* para largar lá o sifão e a garrafa de uísque. Mas entreparou, atônito. Perto do banheiro, pairante no ar, havia um trapo de linho ensanguentado.

O dr. Kemp arregalou os olhos. Era uma atadura de ferimento e bem enleada, mas vazia. Atava... o ar! Foi levando a mão para a atadura quando a voz o deteve.

— Kemp!

— Eh? — exclamou o médico, sem poder articular palavra.

— Conserve a calma — disse a voz. — Não se assuste. Sou o Homem Invisível.

O dr. Kemp nada respondeu. Continuou a olhar para a atadura, e só depois de alguns segundos pôde repetir, qual um eco:

— Homem Invisível?

— Sim, o Homem Invisível — confirmou a voz.

O caso que ouvira pela manhã e lhe provocara tantos motejos ressurgiu num relâmpago em sua memória, mas no momento o dr. Kemp não se sentiu nem grandemente amedrontado nem surpreso. Depois, sim.

— Julguei que isso fosse fantasia pura — disse o médico, ainda em luta com os argumentos que o empolgaram durante a manhã. — Traz uma atadura no corpo?

— Sim — respondeu o Homem Invisível.

— Oh! — exclamou Kemp, reagindo. — Isso é absurdo. Algum truque — e levou a mão à atadura suspensa no ar, sendo detido a meio caminho por invisíveis dedos. Isso o fez recolhê-la e empalidecer.

— Não se perturbe, Kemp, pelo amor de Deus! Necessito do seu auxílio — implorou a voz, enquanto mão invisível lhe segurava o braço. — Kemp! Não perca o controle! Não se assuste! — e a mão invisível aumentou a pressão dos dedos.

Uma desesperada ânsia de fugir àquele contato empolgou o médico. A mão do invisível braço que trazia a atadura apoiou-se em seu ombro e o fez recuar na direção do leito. O dr. Kemp abriu a boca para gritar, mas sentiu-se amordaçado. O Homem Invisível o derrubava sobre a cama, a despeito da sua furiosa resistência. E não cessava de implorar:

— Pelo amor de Deus, escute-me! Atenda-me. Não continue a resistir, que me põe fora de mim.

— Eu enlouqueço, eu enlouqueço! — roncava o médico, no paroxismo do terror.

— Cale-se e aquiete-se, seu tolo! — sussurrou-lhe a voz ao ouvido. — Raciocine! Use dos seus miolos!

Kemp lutou ainda por alguns momentos; depois se aquietou.

— Se gritar, eu o mato — ameaçou a voz, tirando-lhe a mordaça da boca. — Sou apenas o Homem Invisível. Não se trata de magia ou mistificação. Sou realmente, naturalmente, invisível e preciso do seu auxílio. De nenhum modo quero maltratá-lo; mas, se continua a comportar-se dessa maneira, como um idiota, serei forçado a reagir. Não se recorda de mim, Kemp? Não se recorda de Griffin, do University College...

Dizendo isso, sentou-se na cama.

— Sou o Griffin, do University College, e fiz-me a mim

mesmo invisivel. Não passo de um homem normal, que você conheceu muito bem; apenas estou invisibilizado.

— Griffin? — murmurou Kemp, apalermado.

— Griffin, sim — afirmou a voz. — Um estudante mais moço do que você, quase albino, de olhos vermelhos, que ganhou uma medalha no curso de química.

— Estou numa confusão terrível — gemeu Kemp. — Meu cérebro roda. Que tem o senhor com Griffin?

— Eu sou Griffin. Apenas isso.

— Parece um sonho — murmurou Kemp, depois de refletir uns instantes. Que diabo de magia o fez invisível?

— Mais que sonho, isto é um pesadelo, eu é que sei — tornou a voz. — Estou ferido e exausto de canseira. Meu Deus! Seja homem, Kemp! Volte ao controle dos seus nervos. Dê-me algo a beber e deixe-me repousar aqui.

Kemp, que não tirava os olhos da atadura, viu uma cadeira de vime mover-se para junto da cama. Esfregou os olhos, murmurando:

— Isto excede a tudo! — e riu-se apalermadamente.

— Muito bem. Graças aos céus começa a raciocinar — disse a voz.

— Estou literalmente estupidificado — tornou o médico, esfregando os olhos. — Estupidificado...

— E eu, enregelado. Arranje-me um pouco de uísque. Minha fraqueza é extrema.

— Não o parecia ainda há pouco — rosnou Kemp, indo ver a garrafa de uísque no quarto próximo. E de volta: — Onde está você? Aqui tem o uísque.

A cadeira de vime estalou e o dr. Kemp viu o copo que tinha na mão mover-se no ar como tomado por invisíveis dedos. Largou-o, contrariando os seus movimentos instintivos. O copo ficou no espaço, na altura do espaldar da cadeira. Kemp olhava para aquilo perplexo.

— Isso deve ser hipnotismo — disse. — Você sugestionou-me e me faz pensar que é invisível.

— Bobagem — contestou a voz.

— Há de ser isso, sim.

— Escute...

— Eu demonstrei esta manhã, conclusivamente, que a invisibilidade é um absurdo — começou o médico, mas foi interrompido.

Não me interessa a sua demonstração, Kemp. Estou a morrer de fome e quase enregelado de frio, porque ando nu em pelo, sabe?

— Quer então comer? — inquiriu Kemp, mais calmo.

O copo de uísque já vazio caminhou no ar em direção ao criado-mudo.

— Sim — respondeu a voz. — E pode arranjar-me um pijama, uma camisola?

Kemp foi ao guarda-roupa, de onde trouxe uma camisola escarlate.

— Serve isto?

A camisola escapou de suas mãos, pairou um instante no ar e depois se aprumou, como se recebesse um corpo dentro. Os botões foram se metendo nas casas por si mesmos.

— Ceroulas, meias, chinelas também seria bom — disse a voz, mais contente. — E comida. Estou a tinir de fome. Fome velha.

— Arranjarei tudo. Mas isso é a coisa mais espantosa e absurda que vi em minha vida...

Kemp tirou do armário as peças de roupa que a coz pedia e desceu para saquear o guarda-comida. Voltou com pão e costeletas, que depôs numa mesinha na frente de seu hóspede.

— Não preciso de talheres — disse a voz, e a costeleta suspendeu-se no ar e foi diminuindo de tamanho, roída por invisíveis dentes.

— Gosto, quando como, de ter alguém perto de mim. É um velho hábito meu...

— Oh! Como tudo isso é prodigioso! — repetia amiúde o médico.

— Não há dúvida. Mas o estranho é que eu viesse buscar essa atadura em sua casa, Kemp. Foi sorte, meu caro. E já agora passo a noite aqui. Estou certo de que não se incomodará com isso. Desagradável a vista do meu sangue na cama, não? Ele torna-se visível depois de coagulado. Só invisibilizei os meus tecidos vivos e, portanto, só permanecerei invisível enquanto viver. Estive nesta casa três horas antes que você aparecesse.

— E como foi que entrou aqui? Esta história cheira-me a absurdo desde o começo.

— Não vejo absurdo nenhum. Ao contrário, tudo muito lógico.

A garrafa de uísque moveu-se no ar e deixou cair uma dose no copo. Ainda atônito, Kemp olhava para aquela camisola escarlate, sem cabeça e sem mãos, que se movia. Um raio de luz penetrou num pequeno rasgão do ombro direito e atravessou o corpo lado a lado.

— Onde foram os tiros? — perguntou o médico. — Como começou?

— Um imbecil que era meu aliado — o diabo o leve! — tentou roubar o meu dinheiro, e conseguiu-o.

— Invisível também?

— Visibilíssimo, o cão.

— Como, pois...

— Não há mais alguma coisa de comer por aqui? Estou a cair de fome, e você só quer histórias.

Kemp ergueu-se.

— Foram dados por você os tiros?

— Não. Por um idiota qualquer que nunca vi mais gordo. Atirou ao acaso. No albergue. Uns tantos fregueses apavoraram-se lá dentro. O diabo os leve! Mais comida, Kemp, pão, o que for...

— Vou ver se ainda há mais lá embaixo — respondeu o médico. — Já volto.

Depois que comeu o mais que Kemp achara na cozinha, o Homem Invisível pediu um charuto, que mordeu com sofreguidão; e como a folha da capa se soltasse, deixou escapar uma praga.

Era estranho vê-lo fumar. A boca, as narinas e a garganta deixavam entrever o giro da fumaça.

— Abençoado charuto! — exclamava ele, puxando fortes baforadas. — Tive sorte em vir dar aqui, Kemp. O amigo vai ajudar-me. Estou em bem maus lençóis. Quase enlouqueci. O que me tem acontecido, santo Deus! Mas; poderemos ainda fazer muita coisa, nós dois.

O Homem Invisível serviu-se de mais uísque com soda e o médico foi ao quarto vizinho em busca de mais um copo, dizendo:

— Tenho de beber também, não há remédio...

Você não mudou muito, Kemp, nesses doze anos. Os loiros são assim: fixos. Frieza e método. Escute. Nós podemos muito bem trabalhar juntos, não acha?

— Mas como foi isso, Griffin? Explique-me. Conte-me a sua história — pediu o médico, que aos poucos ia retornando ao seu normal.

— Espere. Deixe-me fumar em paz. Depois conversaremos.

Mas a história do Homem Invisível não foi contada naquela noite. O punho ferido tornava-se mais e mais doloroso; e além de febril ele estava exausto da terrível caçada a Marvel e da luta sustentada no albergue. Passou a falar a espaços, fragmentariamente, e quando se referia a Marvel chupava o charuto de um modo nervosamente colérico.

— Ele tinha medo de mim, percebi isso desde o começo — repetiu por várias vezes. — Andou sempre tentando escapar. Que idiota eu fui!

E depois de um silêncio:

— Cachorro! Eu devia tê-lo matado...

— Onde obteve dinheiro? — perguntou Kemp, de chofre.

O Homem Invisível guardou silêncio por uns instantes; e depois:

— Nada posso dizer esta noite.

Deu um suspiro profundo e abaixou a cabeça invisível, apoiando-a nas mãos invisíveis.

— Há três dias que não durmo nada. Só dois cochilos de uma hora cada um em todo esse tempo. Preciso ir para a cama. Não aguento mais...

— Fique neste quarto — ofereceu Kemp. — Estará bem aqui.

— Mas como dormir? Se durmo ele me foge. Diabo! Positivamente não sei o que fazer.

— E o ferimento?

— De nada. Um arranhão. Oh, meu Deus, que sono... Preciso dormir.

— Pois durma, homem de Deus.

— Impossível. Tenho razões especiais para tudo temer dos meus semelhantes.

O médico arregalou os olhos e isso pôs o Homem Invisível em guarda.

— Que imprudente que sou! — exclamou ele dando um tapa na mesa. — Acabo de meter uma ideia na sua cabeça, Kemp...

CAPÍTULO XVIII

O Homem Invisível dorme

Exausto e ferido como se achava, o Homem Invisível não tomou muito ao pé da letra a garantia que lhe dera Kemp quanto ao respeito à sua liberdade. Por esse motivo, antes de deitar-se foi examinar as janelas para ver se de fato poderia pulá-las em momento de perigo, como sugerira o médico. Fora, a noite corria calma e silente, com a lua a pôr-se dos lados das dunas. O homem examinou a fechadura daquele quarto e dos contíguos, como a estudar de que modo agiria em caso de emergência, e parece que se satisfez. Quedou-se de pé defronte da lareira e Kemp ouviu-o bocejar.

— Lastimo não poder contar hoje mesmo o que tenho feito e padecido. Estou cansado demais. É grotesca a minha situação, não há dúvida. Mais que isso: horrível. Mas creia-me, Kemp, que, a despeito da. sua demonstração científica desta manhã, a invisibilidade é possibilíssima. Realizei essa grande descoberta, que desejava imenso guardar no mais absoluto segredo. Não foi possível. Já me denunciei e agora necessito de um sócio, de um companheiro visível. E nenhum melhor que você... Ahn!... Por que você... Aahn!... Você... Aaahn! Impossível. Amanhã conversaremos. Agora, ou durmo ou rebento.

Kemp estava no meio do quarto, de olhos na camisola sem cabeça nem mãos.

— Bem, bem. Vou deixá-lo só — disse. — Isso tudo me parece incrível. Três fatos como esse que me aconteçam na vida e a loucura é certa. Espantoso e, no entanto, real... Deseja mais alguma coisa?

— Só boa noite — respondeu Griffin.

— Pois então boa noite — disse Kemp, e apertou a manopla do Homem Invisível, fazendo menção de retirar-se. Griffin o deteve.

— Espere. Nada de tentativas para prender-me aqui ou capturar-me, está ouvindo?

O rosto de Kemp mostrou ressentimento.

Creio que já lhe dei minha palavra — murmurou o médico e retirou-se, puxando sobre si a porta. Imediatamente a chave ringiu na fechadura. Griffin fechara-se por dentro.

O médico entreparou no patamar ao perceber que a porta que dava para o quarto da *toilette* também se fechava.

— Estarei sonhando? — interrogou-se, correndo a mão pela testa. — Estará louco o mundo ou estarei eu louco? Desalojado dos meus cômodos por um... por um absurdo desses!... E é fato. E é a pura realidade...

E meneando a cabeça desceu a escada. Na sala de jantar acendeu a luz, tomou um charuto e pôs-se a marcar passos, monologando mentalmente. De vez em quando, deixava escapar pensamentos em voz alta.

— Invisível! Poderá haver essa invisibilidade para um ser vivo?... No mar, sim, há milhares, há milhões de animálculos absolutamente invisíveis. Todas as larvas, todos os minúsculos náuplios e tornarias, e as águas-vivas! No mar existem mais seres invisíveis que visíveis. Nunca ponderei nesse ponto. E nas lagoas também, nos pântanos. Milhares de vidinhas, seres sem cor, translúcidos, geleia... Mas no ar? Não!... No ar é impossível. Impossível? Por que, impossível? Se o homem fosse feito de vidro ou de gelatina incolor, seria invisível.

Sua meditação aprofundava-se no oceano das hipóteses e, enquanto isso, três charutos foram sendo lenta e distraidamente consumidos. O tapete ao pé da poltrona branqueou de cinzas. Kemp limitava-se a marcar com interjeições certas etapas da sua meditação. Mais tarde ergueu- se e foi para o consultório, onde acendeu um bico de gás. Encontrou lá os jornais da véspera e um da manhã. Tomou-o mecanicamente e abriu-o. Na primeira página, estava a notícia dos fatos da véspera — "Singular Acontecimento em Iping" e também a aventura do marinheiro de Port Stowe, o qual tomara Marvel como o próprio Homem Invisível. Kemp tudo leu com avidez.

— Disfarçado! — murmurou. — A esconder-se! "Ninguém parece compreender a extensão do seu infortúnio". Que diabo de história é esta? — e Kemp afastou de si o jornal para ler outro, o *St. James's Gazette*, na esperança de ali encontrar coisa melhor.

Duas colunas ocupavam-se do assunto. "Uma Aldeia do Sussex Enlouquece", dizia espetacularmente o título.

— Hum! — fungava Kemp, devorando a notícia dos acontecimentos de Iping, escrita em tom de incredulidade. O jornal repetia a publicação da véspera, tal o interesse despertado em seus leitores. Kemp releu-a por alto.

"Corria pelas ruas atacando à direita e à esquerda. Jaffers inconsciente. O sr. Huxted, bastante ferido, ainda não pôde depor sobre o que viu. Dolorosa humilhação, o vigário. Mulheres doidas de terror. Janelas arrebentadas. Esta singular história é evidentemente uma invenção. Deve ser lida *cum grano*[3]."

O médico largou o jornal nesse ponto.

— Evidentemente uma invenção — repetiu. Depois retomou a folha e leu a notícia, cuidadosamente.

— Mas em que ponto o vagabundo de estrada entrou em cena? E por que o homem se pôs a persegui-lo? O diabo entenda.

Sentou-se no leito de operações cirúrgicas.

— Não é somente invisível. É também louco! Homicida!...

Quando o dia começou e sua luz veio empalidecer a do gás, o dr. Kemp ainda lá estava, desperto, ruminando aquelas coisas assombrosas.

Sua excitação era muito grande para que pudesse dormir.

(3) *Cum grano salis*, expressão latina que quer dizer "com um grão de sal". Usada aqui no sentido de "isto é brincadeira; não é verdade".

Os criados, que começavam a aparecer, imaginaram que ele houvesse passado a noite no estúdio e atribuíram o desfeito das suas feições à longa vigília. Kemp ordenou que levassem o café da manhã para o estúdio do belvedere, e café da manhã para dois, o que não deixou de causar espécie. E ficou na sala de jantar, sempre a medir passos. Quando a folha local chegou, leu-a com vivacidade. Trazia um relato mal redigido sobre as ocorrências do "Jolly Cricketers", com menção do nome de Marvel. "Ele me reteve em seu poder durante vinte e quatros horas", declarara o vagabundo. Mais alguns detalhes eram acrescentados à história dos sucessos de Iping, como o do corte da linha telegráfica. Nada, porém, que lançasse luz na conexão entre o Homem Invisível e Marvel, o qual não dera nenhuma informação sobre os livros e o dinheiro. O tom de incredulidade das primeiras notícias já havia desaparecido, e inúmeros repórteres estavam destacados para a enquete.

Kemp leu tudo quanto fora impresso e mandou comprar outros jornais do dia, que também percorreu avidamente.

— Ele é invisível, não há dúvida, e parece tomado de alguma mania que se aproxima da loucura. O que não pode fazer uma criatura assim! O que não pode fazer!... E está em minha casa, livre... completamente livre... Como devo agir, meu Deus?

E depois de uns instantes de silêncio:

— Seria quebrar minha palavra, se eu... Não. Nunca.

Vacilou uns momentos. Em seguida, dirigiu-se para uma mesinha a um canto e começou a escrever um bilhete. Rasgou-o e escreveu outro. Leu-o e releu-o. Fechou-o por fim num envelope, que sobrescritou para o Coronel Adye, Port Burdock.

Nesse momento, lá em cima, o Homem Invisível despertava. E despertava mal-humorado. Kemp ouviu o rumor de uma cadeira lançada ao chão e de um copo despedaçado. Não esperou por mais. Correu a assisti-lo.

CAPÍTULO XIX

Teoria e prática

Que há? — indagou Kemp logo que o hóspede abriu a porta.

— Nada — foi a resposta.

— Como, nada? Esse copo que se quebrou, a cadeira...

— Acesso de raiva — disse o hóspede. O sono fez-me esquecer deste braço ferido. Está doendo.

— É sujeito a tais acessos de raiva, parece-me...

— Sou, sim.

Kemp foi juntar do assoalho os fragmentos do copo.

— Os jornais estão cheios de notícias a seu respeito — disse, ao erguer-se, com os cacos na mão.— Trazem tudo o que sucedeu em Iping e na descida do morro. O mundo inteiro já tem conhecimento da existência de uma criatura invisível, embora ignore quem seja.

O Homem Invisível soltou uma praga.

— Sim — continuou Kemp. — O segredo já não é mais segredo. O mundo inteiro já o sabe, mas conquanto eu ignore os seus planos declaro-me disposto a ajudá-lo.

O Homem Invisível sentou-se na cama, sem nada responder.

— O café da manhã espera-nos no belvedere — prosseguiu Kemp amavelmente, satisfeito de ver que o estado de espírito de seu hóspede melhorava.

E foram ambos para lá, pela escadinha estreita.

— Antes que eu possa fazer qualquer coisa, preciso conhecer a sua história e saber como chegou à invisibilidade — declarou Kemp.

O hóspede sentara-se, depois de um olhar nervoso para as janelas.

As dúvidas do médico a respeito da realidade do caso, que haviam renascido durante a meditação da noite, desvaneceram-se ao ver diante de si aquele inconcebível Griffin, metido numa camisola escarlate, sem cabeça e sem mãos, a limpar com o guardanapo a boca invisível.

— É coisa simples e nada espantosa — disse Griffin, pondo de lado o guardanapo.

— Será para você, para você apenas — redarguiu Kemp, sorrindo.

— Também a mim me pareceu maravilhoso a princípio. Mas agora, santo Deus!... Insisto, entretanto, em acentuar que com esta invisibilidade podemos nós dois fazer grandes coisas no mundo.

E depois de uma pausa:

— A primeira ideia me veio em Chesilstowe.

— Chesilstowe?

— Fui para lá ao sair de Londres. Não sabe que abandonei o curso de medicina pelo de química? Pois abandonei. A *luz* fascinava-me e a química poderia esclarecer-me quanto à sua essência.

— Ah!

— A densidade ótica! A matéria é um emaranhado de enigmas com soluções que chispam a espaços. Ora, eu estava em meus vinte e dois anos, cheio de entusiasmo, e pensei comigo: "Vou devotar minha vida a este estudo. O assunto o merece". Bem sabe que doidos somos nessa quadra dos vinte anos.

— Sim, doidos nessa idade e doidos depois... — gemeu Kemp. — O saber não nos traz aumento de felicidade.

— E pus-me ao trabalho — continuou Griffin —, trabalho escravo. Depois de seis meses dessa vida de estudo intenso, a luz brotou-me daquele caos de enigmas num relâmpago cegante. Descobri o princípio geral da pigmentação e da refração dos raios luminosos: uma fórmula, uma expressão geométrica das quatro dimensões. Os homens comuns e mesmo os matemáticos vulgares ignoram completamente o que certas expressões significam para um estudioso da física molecular. Em meus livros — nos livros que aquele miserável vagabundo me roubou — há maravilhas, verdadeiros milagres. Mas no começo não existia nenhum método, nenhum processo, apenas a ideia pura. A ideia de, sem alteração das propriedades da matéria, baixar o índice de refração da substância, sólida ou líquida, até pô-la ao nível da do ar.

— Interessante! — exclamou Kemp. — Estranho! Mas não vejo claro. Compreendo que com a aplicação dessa teoria possa ser suprimido o brilho de uma pedra preciosa, por exemplo, mas daí a chegar à invisibilidade da criatura viva vai um grande passo.

— Exatamente — assentiu Griffin. — Considere, porém, que a visibilidade depende da ação do corpo sobre a luz. Deixe-me apresentar os fatos do modo mais elementar; assim farei clara a minha ideia. Você sabe muito bem que, quando um corpo não absorve a luz, refrata-a ou reflete-a. Se o corpo não absorve, nem reflete, nem refrata a luz, não se torna visível. Vemos esta mesa opaca simplesmente porque a composição da madeira absorve certos raios e reflete sobre a nossa retina os demais. Se esta madeira não absorvesse nenhum raio luminoso e os refletisse a todos a mesa seria branca. Uma caixa de diamantes não absorveria nem refletiria muita luz na superfície geral; mas, aqui e ali, nas superfícies parciais favoráveis à reflexão e refração da luz, adquiriria aparência brilhante. Uma espécie de esqueleto da luz. Uma caixa de vidro já não seria tão brilhante nem tão claramente visível como uma caixa de diamantes por haver menor reflexão e menor refração. Compreende? De dados pontos você poderia ver perfeitamente através dessa caixa. E certas qualidades de vidro são mais visíveis que outras. Uma caixa de cristal brilhará mais que uma caixa de vidro comum. Uma caixa de vidro comum bem fino seria difícil de ser vista a uma luz fraca, porque não absorveria quase nada e refletiria muito pouco. Se você põe uma lâmina de vidro dentro d'água, ela se desvanece por completo, porque a luz passa da água para o vidro imperceptivelmente refletida ou refratada. Torna-se quase tão invisível como um jato de hidrogênio lançado no ar. A razão é a mesma.

— Sim — murmurou Kemp. — Isso é elementar. Qualquer menino de escola o sabe.

— Mas vou apresentar um fato que qualquer menino de escola não sabe. Se uma lâmina de vidro é esmagada e reduzida a pó, torna-se muito mais visível enquanto estiver no ar. Isso porque a trituração multiplica as superfícies do vidro em que a reflexão ocorre. Na lâmina de vidro, só existem duas superfícies; no pó de vidro, há muitas, e nenhum raio de luz atravessa o pó sem se quebrar. Mas, se o pó é posto na água, imediatamente se desvanece. O vidro em pó e a água possuem o mesmo índice de refração, isto é, a luz sofre muito pouca reflexão ou refração ao atravessá-los.

— Bem. Podemos tornar o vidro invisível mergulhando-o num líquido que tenha o mesmo índice refrativo, ou melhor: um objeto transparente torna-se invisível se posto num meio do mesmo índice refrativo. E se você meditar nesse princípio concluirá que o pó de vidro pode tornar-se invisível no ar, se seu índice refrativo for o mesmo que o do ar. Nesse caso, não haverá refração em reflexão, quando a luz passar do ar para as partículas de vidro.

— Sim, sei — murmurou Kemp. — Mas um homem não pode ser reduzido a pó de vidro.

— Está claro que não — assentiu Griffin —, mas o *homem é ainda mais transparente.*

— Que absurdo!

— E é um cientista quem me diz isso! Que memória fraca! Já esqueceu a física que levou dez anos a estudar? Pense em todas as coisas que são transparentes e não o parecem. O papel, por exemplo, é feito de fibras transparentes e no entanto se torna opaco pela mesma razão que o pó de vidro no ar. Já no papel impregnado de óleo a coisa muda. O óleo enche os interstícios das partículas fibrosas de modo que a reflexão e a refração se limitam às duas superfícies, como na lâmina de vidro. E isso não acontece só com o papel, Kemp, e sim com o algodão, a fibra do linho, a fibra da lã, a fibra da madeira, e os *ossos*, Kemp, e a *carne*, Kemp, e o *cabelo*, Kemp, e as *unhas*, e os *nervos*, Kemp. Na realidade, todos os tecidos do homem são constituídos de matérias transparentes, incolores, exceto o vermelho do sangue e o pigmento preto do cabelo; e bastam esses elementos, sangue e cabelo, para fazer os tecidos visíveis. Note que na maior parte as fibras da criatura vivente são como a água.

— Sem dúvida, sem dúvida — exclamou Kemp. Ontem à noite estive pensando nas larvas marinhas e na água-viva.

— Isso! Agora está compreendendo. Eu o sabia e remoí esse fato em meu cérebro durante seis meses, depois de abandonar Londres. Guardei-o, entretanto, para mim só, e tive de conduzir meus trabalhos em condições muito desvantajosas. Hobbema, meu professor, era um ladrão de ideias que vivia a me espionar. Você conhece a pirataria que reina no mundo científico. Eu não desejava dar à publicidade os meus estudos, repartindo com ele os créditos. Prossegui no trabalho. Fui reduzindo minha ideia a uma fórmula prática, e alcancei a realização. Ninguém soube de nada. Meu pensamento era lançar ao mundo a descoberta de um modo retumbante, e tornar-me famoso de golpe. E estava para completar meu trabalho, estudando o problema da pigmentação, quando, por mero acidente, fiz uma grande descoberta fisiológica.

— Sim?

— Você sabe que o sangue possui um princípio colorante. Pois bem, esse princípio pode ser modificado, pode tornar-se incolor sem que as funções do sangue em nada se alterem.

Kemp deixou escapar uma exclamação de surpresa.

O Homem Invisível ergueu-se e pôs-se a andar de um extremo a outro da sala.

— Compreendo seu espanto, Kemp, e essa sua exclamação me faz vir à memória aquela terrível noite. Era tarde e o dia me fora tomado pelos meus estúpidos alunos. Eu costumava trabalhar até pela manhã. Subitamente tudo me veio à cabeça de chofre, perfeito, completo! Eu estava só no laboratório, imerso em silêncio profundo. "É possível tornar transparente um tecido animal, exceto os pigmentos! Eu posso fazer-me invisível!", foi o que exclamei. Imagine, Kemp, o que para um albino da minha marca significaria tal coisa! Era de arrasar. Deixei o filtro com o qual lidava e fui para a janela. Olhei para as estrelas e murmurei: "Posso tornar-me invisível!".

Fazer isso era exceder a tudo quanto narra a magia, e eu tive a visão magnífica do que a invisibilidade me podia dar.

O mistério, o poder, a liberdade! Inconvenientes não vi nenhum. Eu, um humilde repetidor de química, atormentado por maus alunos num colégio da província, invisível! Pergunto, Kemp, se você... se quem quer que seja teria vacilado um momento em prosseguir na investigação.

Três anos a fio trabalhei, galgando penosamente montanhas e montanhas de dificuldades até chegar ao cume. A infinidade dos detalhes. As exasperações e os desânimos! Um repetidor de química eternamente espiado! "Quando vai publicar seu trabalho?", era a pergunta diária. E aqueles estudantes, e aquela falta de meios... Três anos assim.

O Homem Invisível fêz nova pausa.

— E ao cabo de três anos de segredo e amofinações cheguei à conclusão de que a coisa era impossível por uma simples deficiência material. Faltava-me um elemento.

— Qual?

— Dinheiro — respondeu o hóspede invisível, dirigindo-se de novo para a janela. — E então... E então roubei o velho... Roubei meu pai...

E concluiu, sem voltar-se de onde estava:

— O dinheiro não era dele. Meu pai suicidou-se...

CAPÍTULO XX

Em Portland Street

Kemp guardou silêncio por uns instantes, com os olhos no corpo sem cabeça, imóvel junto à janela. Depois, movido de um pensamento, ergueu-se e foi tomá-lo pelo braço.

— Você está cansado, Griffin. Sente-se nesta cadeira.

O hóspede obedeceu sem uma palavra e prosseguiu na sua história.

— Eu já não estava no Chesilstowe College quando a tragédia aconteceu. Foi em dezembro último. Tinha alugado um espaçoso cômodo em Londres, sem mobília, em sórdida casa de pensão numa travessa da Great Street. Enchi o quarto com aparelhos e materiais adquiridos com o dinheiro do crime e retomei com firmeza o meu trabalho científico. Minha situação era a de um homem que ao sair de espessa floresta cai de chofre no horror de terrível tragédia. Fui enterrar meu pai. Meu cérebro estava tão empolgado pelas experiências de invisibilização que não levantei um dedo para lhe reabilitar a memória. Lembro-me do funeral, do caixão barato, da reles cerimônia, do cemitério no morro, daquele dia de vento e neve, e de um seu velho camarada de colégio que leu no túmulo a oração fúnebre — um velhinho malvestido que tossia.

Lembro-me da volta para a casa vazia, por terrenos que o urbanismo ia invadindo com feias construções novas. De todos os lados, iam os caminhos dar em terrenos profanados, com montes de destroços e materiais de construção. Ainda me vejo lá, magro, feio, surrado, a escorregar nas calçadas reluzentes, trazendo na alma uma estranha sensação de desapego pelo sórdido mercantilismo ambiente.

Não sentia nada por meu pai. Considerei-o como simples vítima do seu próprio sentimentalismo. Compareci ao funeral por mera formalidade, sem me interessar por aquilo.

Ao subir a High Street, o quadro da minha vida de infância perpassou inteiro ante meus olhos. Cruzei-me com uma moça que conhecera dez anos antes. Nossos olhares encontraram-se...

Qualquer coisa me fez voltar e dirigir-lhe a palavra. Era uma moça bastante vulgar — gentinha.

Valeu por um pesadelo aquela visita aos lugares da minha infância. Não percebi que meu mal era a solidão e atribuí minha falta de simpatia humana à geral inanidade da vida. Reentrar em meu quarto foi como recobrar a liberdade. Ali estavam as únicas coisas que me interessavam. Os meus aparelhos de química, as minhas experiências em andamento. Pouco faltava para concluí-las; apenas detalhes finais.

Mais tarde contarei todo o processo, que é complicado. Pela maior parte, salvo pontos que guardo na memória, está tudo escrito em linguagem cifrada nos livros que o tal vagabundo escondeu não sei onde. Temos de procurá-los. Mas a fase essencial da experiência consistia em colocar os objetos transparentes, cujo índice de refração tinha de ser baixado, entre focos irradiantes cuja composição descreverei depois. Não, não raios Rontgen. Creio que os raios com que lidei nunca foram sequer suspeitados.

Eu me utilizava de dois pequenos dínamos, movidos por um motor a gás.

Minha primeira experiência decisiva foi com um tapete de lã. Nada mais interessante, e estranho, do que ver esse objeto ir-se desvanecendo como fumaça que se dilui no ar!...

Eu mal podia crer nos meus olhos. Levei a mão onde devia estar o tapete e encontrei-o no estado de solidez normal. Foi tão forte a impressão que o joguei por terra, como se houvesse pegado em brasa. Custou-me a encontrá-lo depois.

Fiz a seguir uma curiosíssima experiência. Um gato miara perto, um gato branco que estava na beira de uma cisterna próxima, no pátio. Um pensamento me decidiu. Abri a janela e chamei-o. O gato aproximou-se ronronando e, como estivesse faminto, aceitou uma xícara de leite. Satisfeito com a recepção, ficou por ali, talvez com ideia de tornar-se meu pensionista. O tapete de lã invisível inquietou-o um tanto.

— E submeteu-o à prova?

— Sim. Mas fazer um gato ingerir drogas não é fácil, Kemp, e o processo falhou.

— Falhou?

— Em dois pontos apenas. Nas unhas e nos olhos, as partes pigmentadas. Como se chama aquele fundo que os gatos têm nos olhos?

— *Tapetum*[4].

— Isso mesmo, *tapetum*. O *tapetum* não se invisibilizou. Depois de dar-lhe a droga que branqueia o sangue e fazer mais coisas, adormeci-o com ópio e coloquei-lo num travesseiro em cima da máquina. Todo ele se invisibilizou, menos os olhos. Ficaram soltos no ar aqueles dois olhos vivos de fantasma.

— Estranho...

— Não posso explicar. O animalzinho estava enfaixado e, pois, sem movimentos; mas despertou ainda tonto e miou tão lamentosamente que atraiu a atenção de uma velha que morava embaixo. Veio a megera bater à minha porta, julgando tratar-se de algum caso de vivissecção.

Uma pobre alcoólatra que só possuía aquele gato no mundo. Dei ao animalzinho um pouco de clorofórmio e fui abrir. “Escutei o meu gato miar por aqui. Onde está ele?” “Seu gato?”, respondi com cara de surpresa. “Não sei. Cá não apareceu.” Ela ficou na dúvida e espiou para dentro do meu quarto, um quarto bem estranho para tal criatura, com tantos aparelhos e frascos para ela incompreensíveis. E a máquina a vibrar e o cheiro de clorofórmio... Nada vendo, retirou-se, aos resmungos.

— Quanto tempo levou o gato para se tornar invisível? — indagou Kemp.

(4) Do latim, que quer dizer “tapete brilhante”. Trata-se de uma membrana posicionada dentro do globo ocular (fundo do olho) de alguns animais vertebrados capaz de refletir a luz que entra nos olhos e melhorar a visão do animal em condições de baixa luminosidade.

— Três ou quatro horas; isso para o gato inteiro. Os ossos, os músculos e os tecidos adiposos desapareceram por último, bem como a ponta dos pelos. Só a parte do fundo dos olhos, que é iridescente, permaneceu como era.

Ao cair da noite já nada do gato podia ser visto, salvo os olhos e as garras. Parei a máquina e libertei o animal das ataduras. Mostrou-se cansado e sonolento, e logo caiu em sono profundo sobre o travesseiro invisível. Quanto a mim, fui deitar-me.

Não pude, entretanto, conciliar o sono. As ideias ligadas à minha descoberta perseguiam-me, e tudo começou a ficar difuso, febril, vago como num sonho. Tive a sensação de que a terra se evaporava. Pesadelo? Lá pelas duas horas o gato miou. Miou com insistência. Procurei aquietá-lo e por fim deliberei colocá-lo fora. Lembro da impressão que tive ao vê-lo reduzido a dois olhos redondos, luminosamente verdes. Quis dar-lhe leite, mas já não havia nenhum. Era um par de olhos que miava sem parar. Tentei pegá-lo. Não pude. Fugia-me. Por fim, abri a janela e espantei-o. O gato, ou antes, os olhos verdes saltaram para fora e nunca mais tive notícias dele.

Depois — Deus sabe por quê! — comecei a recordar o enterro de meu pai, e as tristes circunstâncias que o rodearam; a neve, o caixão, o orador fúnebre, tudo. E nisso fiquei até que a manhã rompesse. Vendo que era impossível o sono, saí para um giro matinal.

— Quer dizer, então, que há pelo mundo um gato invisível? — lembrou Kemp.

— Se não o mataram, existe — respondeu o Homem Invisível. Por que não?

— Mas continue. Deixemos o gato em paz.

— É bem possível que esteja morto. Quatro dias depois ainda estava vivo, isso posso afirmar. Na Rua Tichfield pude ver povo reunido em certo ponto, intrigado em saber de onde vinham uns miados...

Nesse ponto, o Homem Invisível calou-se por um minuto. Ao cabo, reencetou sua narrativa abruptamente.

— Lembro-me daquela manhã com nitidez absoluta. Fui a Great Portland e parei defronte do quartel que há lá, a assistir à saída de um esquadrão de cavalaria; depois subi ao alto do Primorose Hill, onde me sentei. Estava a sentir-me mal, doente. Era um formoso dia de janeiro, com um sol desses que precedem as nevadas. Meu cérebro cansado tentava examinar a situação e formular planos.

Após muito meditar, concluí que não me seria de nenhum valor aquela grande descoberta. A explicação do desânimo estava no cansaço de quatro anos de estudos intensíssimos. O trabalho contínuo havia me deixado em miserável estado de nervos. Sentia-me apático, sem mais nada dos entusiasmos dos primeiros tempos, sem o apai-xonamento que me levara ao sacrifício de meu pai. Tudo no mundo perdera a importância para mim. Por fim, reagi, dizendo-me que esses sentimentos seriam passageiros, meras consequências do excesso de trabalho. Com algum repouso, eu voltaria ao normal. Uma ideia tornou-se obsedante: a das vantagens pessoais que haveria para um homem invisível. Empolgado por essa ideia, retornei ao meu quarto, onde ingeri algum alimento e tomei antes de deitar-me uma dose de estricnina. A estricnina mostrou-se um excelente tônico para o estado em que me via.

— Estricnina é o diabo — disse Kemp. — Mefisto em pó.

— De fato. Dormi e despertei restaurado, mas irritado.

— Conheço a droga...

— E logo que acordei ouvi bater à minha porta. Era o dono do prédio, um velho judeu polaco, de capote e chinelas sebentas, que vinha com ameaças e coisas. Queixou-se de que eu havia atormentado um gato durante a noite; que a velha não parava de falar nisso. Vinha indagar ao certo o que havia, porque, sendo as leis contra a vivissecção muito severas, ele podia ser responsabilizado criminalmente se uma dessas operações ocorresse em sua propriedade. Neguei de modo formal a história do gato. Ele então queixou-se do barulho do meu motor a gás, que incomodava os vizinhos. Aquilo era verdade. O judeu entrou no meu quarto, espiando tudo com seus olhos muito vivos. Vendo que ele podia apanhar qualquer coisa do meu segredo, procurei colocar-me defronte do aparelho, de modo a impedir-lhe a vista. Isso tornou o homenzinho ainda mais curioso. Que é que eu fazia? Por que andava sempre só e metido em mistérios? Era legal isso? Não haveria perigo naqueles estudos? O aluguel que eu pagava, argumentou, era uma ridicularia, apesar de sua casa ser das mais respeitáveis, e assim por diante.

Tanto se queixou e rezingou que perdi a paciência e intimei-o a retirar-se. O judeu protestou. Disse que era o dono do prédio e tal e tal.

Não pude mais. Agarrei-o pela gola e sacudi-o fora do quarto, fechando-lhe a porta na cara. O homenzinho fez um barulho dos diabos no corredor, a que não dei atenção. Por fim, cansou-se e desceu.

Esse incidente, entretanto, precipitou a crise. Eu não sabia o que fazer nem tinha elementos para adivinhar as suas intenções a meu respeito. Se me obrigasse a mudar, seria um desastre. Além do mais, só me restavam vinte libras no banco, o necessário para a mudança. Como resolver o caso? Havia um meio só: desaparecer. Desvanecer. Invisibilizar-me. Seria fantástico. Abririam inquérito, dariam busca em meu quarto...

O receio de que minha obra de quatro anos pudesse ser interrompida justamente ao atingir o clímax acirrou a minha atividade. Saí com os três livros de notas relativas à descoberta — os tais livros que estão com o vagabundo e expedi-os para a posta restante de uma agência da Rua Portland. Saí cautelosamente, sem fazer o menor ruído. Ao voltar dei com o senhorio que subia a escada. Você teria achado graça, Kemp, se lhe visse a cara de medo quando me viu surgir atrás dele. Entrei e bati com violência a porta. Percebi que o homem ainda ficou por lá uns momentos, hesitante; depois desceu. Voltei então ao trabalho.

Tudo ficou pronto naquela tarde, e eu ainda estava sob a ação entorpecente da droga que descoloria o sangue quando bateram à porta. Não abri. Bateram mais, com insistência. Depois ouvi passos e troca de palavras. Tornaram a bater e por fim tentaram enfiar um papel por baixo. Irritado, levantei-me e escancarei de súbito a porta. " O que querem?"

Era o meu senhorio com um mandado de despejo, ou coisa que o valha. Estendeu-mo e, vendo qualquer coisa de estranho em minhas mãos, levantou os olhos para meu rosto. E ficou estarrecido. A mais pura expressão de assombro que já vi! Sua boca abria-se. Seus olhos arregalavam-se. Depois desferiu um grito inarticulado e, deixando cair a vela e o papel, sumiu-se aos trambolhões escada abaixo.

Fechei a porta e fui até o espelho. Compreendi o terror do velho. Meu rosto estava branco que nem o mármore. Eu começava a desvanecer...

Mas foi horrível. Nunca supus que fosse sofrer tanto. Uma noite inteira de agonia, de ânsias, de desfalecimentos. Meus dentes batiam, embora eu estivesse em fogo, todo meu corpo em fogo. Compreendi por que o gato miara daquela maneira antes de ser cloroformizado. Por felicidade eu vivia sozinho e longe de qualquer curiosidade. Momentos houve em que não pude conter soluços e gemidos, e falei em voz alta. Resisti a tudo, entretanto. Adormeci por fim e acordei alta noite, já invisível.

As dores tinham passado. A impressão era de que estava me suicidando, mas não fiz caso. Nunca esquecerei daquela madrugada, quando vi minhas mãos, translúcidas como o vidro embaciado, irem se tornando da transparência do cristal puríssimo. Através delas eu via a desordem do meu quarto, e via até com os olhos fechados, porque as pálpebras também perderam a opacidade. Todo meu corpo se tornou como de vidro mole; os ossos foram se apagando. Os nervos sumiram-se por último. Mas o último de tudo foi a ponta das unhas. Em um dos dedos, a curva da ponta era denunciada por uma mancha de ácido.

Pus-me de pé e andei pelo aposento como criança que tenta os primeiros passos. Era estranho aquilo de andar sem ver os membros.

Sentia-me cansado e faminto. Olhei-me atentamente ao espelho de barbear e nada vi. Nada, nada. Apenas duas manchas quase imperceptíveis do pigmento das retinas, que ainda não se haviam apagado de todo.

Com esforço voltei ao aparelho e submeti-me novamente à sua ação, a fim de desvanecer os pontos ainda visíveis.

Dormi toda a manhã, com a cara coberta pelo lençol para livrar-me da luz, e lá pelo meio-dia fui acordado com batidas na porta. Minhas forças haviam voltado. Sentei-me e pus-me à escuta. Murmúrio de vozes no corredor. Levantei-me e fui desarticular as conexões do aparelho e embaralhá-las de modo a despistar quem por acaso tentasse recompô-lo. As batidas continuaram, seguidas de chamados e intimações para que abrisse. Reconheci entre as vozes a do meu senhorio. Para ganhar tempo, respondi que sim, que esperassem um pouco até que me vestisse. E precipitei o arranjo. O tapete de lã e o travesseiro invisíveis joguei-os pela janela dentro do poço da área vizinha. Nesse momento, deram um tranco na porta. Iam arrombá-la, mas os fortes ferrolhos que havia colocado resistiam. Aquilo acabou por exasperar-me.

Comecei a amontoar o lixo do quarto, papéis, o que havia, num monte a um canto, e abri o gás. As ombradas na porta redobravam de violência. Não pude achar a caixa de fósforos, e lembro-me de que de raiva esmurrei a parede. Fechei de novo o gás e fui sentar-me à janela, seguro da minha invisibilidade, embora a tinir de cólera. E lá aguardei os acontecimentos.

Uma tábua da porta cedeu; depois outra e outra; momentos após, o senhorio e dois enteados entraram, dois latagões. Atrás vinha uma mulher, a velha do gato.

Imagine o assombro daquela gente ao dar com o aposento vazio! Um dos moços correu à janela e espiou fora. Vi seus olhos arregalados a três palmos do meu rosto e tive ímpetos de esmurrá-lo; mas contive-me.

Olhou em todas as direções e olhou através do meu corpo. O mesmo fizeram os demais. O velho espiou debaixo da cama e abriu o meu armário. A estranheza do caso foi comentada numa mistura de hebraico e inglês, até que por fim concluíram que eu não estava e que o que tinham ouvido não passava de ilusão. Um sentimento infinito de vitória empolgou-me, desfazendo a cólera em que eles me haviam posto. A velha ainda olhava atentamente para tudo, como tentando decifrar o enigma.

O senhorio, pelo que pude depreender do seu hebraico inglesado, concordou com ela que eu não passava de um vivisseccionista. Os moços acharam que não, que tudo ali indicava um eletricista: os dínamos e os radiadores. Mostravam-se todos ansiosos pelo meu reaparecimento, embora eu verificasse mais tarde que haviam trancado a porta da rua. A velha insistia em sua investigação. Foi ela mesma espiar debaixo da cama e dentro do armário. Um fruteiro, também alojado naquele prédio e num cômodo contíguo ao meu, veio informar-se do que havia e dar opinião.

Enquanto isso, pus-me a refletir que se aqueles destroços do aparelho caíssem nas mãos de um homem curioso e inteligente meu segredo estaria ameaçado. Deixei então a janela e, desviando-me da velha, fui-me aos dínamos. Arranquei um dos suportes e com ele esmaguei o outro. O assombro foi geral!... Aproveitei-me do atarantamento para escapar do quarto.

Desci a escada, e na sala de espera aguardei que descessem todos, ainda tomados de espanto e desapontadíssimos de não terem encontrado os "horrores" esperados. Entraram a discutir a legalidade do que tinham feito contra mim. Então subi de novo com uma caixa de fósforos. Ajuntei mais coisas ao monte de destroços, as cadeiras e a cama; canalizei para ali o gás por meio de um tubo de borracha e...

— Incendiou a casa! — exclamou Kemp.

— Está claro. Era o meio de cobrir minha retirada. O prédio, aliás, estava no seguro. Foi bom negócio para o judeu.

Acendi o gás e retirei-me. Corri os ferrolhos da porta da rua, começando já a avaliar as vantagens extraordinárias da minha invisibilidade. Minha cabeça enchia-se de planos a respeito de tudo quanto, com absoluta impunidade, eu poderia fazer no mundo.

CAPÍTULO XXI

Em Oxford Street

Ao DESCER AS ESCADAS DO PARDIEIRO, SENTI DIFICULDADE NO ANDAR, pelo fato de não ver meus pés. Tropecei várias vezes e tive de seguir agarrado ao corrimão. O mesmo com as mãos, quando tive de correr o ferrolho. Mas, em terreno plano, pude me mover sem embaraço.

Meu estado de espírito era de pura exaltação. Sen-tia-me como um homem normal solto numa cidade de cegos, e tive de conter certos impulsos. A tentação era de assustar gente, bater nas costas dos transeuntes, tirar-lhes o chapéu, fazer mil coisas que demonstrassem a minha imensa superioridade.

Assim que emergi na Rua Portland, ouvi um ruído de garrafas e, logo a seguir, levei um choque pelas costas. Vol-tei-me. Um homem a carregar uma cesta de sifões olhava atônito para a carga. Achei de irresistível graça seu espanto e ri alto, dizendo: "O diabo está na cesta!" e arranquei-a das mãos. Ele a largou, assombrado, e viu a cesta a sacudir-se sozinha no ar.

O idiota de um cocheiro, porém, que estava perto, avançou para a cesta de mãos estendidas, e seus dedos de grandes unhas se meteram pelas minhas ventas. Arremessei-lhe com a cesta à cara. Foi um tumulto. Surgiu gente de todos os lados, a rodar a cesta mágica o carregador e o cocheiro. Compreendi que havia cometido grave imprudência. Se me deixo envolver por aquele grupo estaria perdido. Dei um encontrão num entregador de carne, que por sorte não se voltou para atentar no "vácuo" em que colidira, e abriguei-me atrás do cabriolé do cocheiro. Ignoro como acabou a coisa. Depois de observar a cena por uns momentos afastei-me. Felizmente, havia pouco trânsito naquela rua e pude caminhar com desembaraço, mas já admitindo a possibilidade de, apesar de invisível, ser pressentido. Veio-me a ideia de me imiscuir na multidão que já enchia a Rua Oxford. Fui para lá. Não me soube a experiência. Pisavam-me constantemente os calcanhares. Passei para a sarjeta. Pior. A aspereza das pedras magoava-me os pés. Além disso, perigoso. O balancim de um carro esbarrou-me no ombro e desse modo avisou-me do perigo de seguir pela sarjeta. Eu já estava com várias contusões pelo corpo. Lembro-me de que tive de desviar-me de um cabriolé e ao mesmo tempo de um carrinho de criança, o que me obrigou a um tom de force de ginástica. Uma ideia: seguir pela esteira do cabriolé, como o único meio de não ser atropelado. Assim fiz, mas já consciente dos perigos da minha aventura. O pior era que já começava a tiritar de frio. Estávamos em janeiro e eu completamente nu. O ar gelado cortava. Só então compreendi que a invisibilidade não me garantia contra as condições atmosféricas.

Nova ideia me acudiu: tomar o cabriolé. Foi fácil. Pulei para dentro do veículo e, a tiritar, abafando os primeiros espirros e examinando minhas contusões, subi a Rua Oxford até Tottenham Court Road. Meu estado de espírito já era bem diferente do começo. Aquela invisibilidade... Como livrar-me dela?

Diante da casa Mudie, uma senhora alta com vários pacotes nos dedos acenou para o cabriolé. Isso obrigou-me a escapar pelo lado contíguo e por um triz não fui colhido por outro veículo. Tomei então o rumo do Blommsbury Square, com o plano de alcançar o museu e assim penetrar em distrito mais deserto. Sentia-me tão enregelado e tão enervado com a estranheza da minha situação que me pus a correr, quase chorando. Na esquina do parque, um cachorrinho branco saiu da Pharmaceutical Society e avançou contra mim conduzido pelo faro.

Eu nunca havia refletido naquilo, que o faro é para o cérebro do cachorro o que os olhos são para o homem. Os cães percebem um animal pelo olfato, como o homem o percebe pela vista. O brutinho pôs-se a latir e a abocar, demonstrando-me assim que me percebia perfeitamente. Cruzei a Rua Great Russell olhando de revés e entrei pela Rua Montague sem dar tento para onde ia caminhando.

Nesse ponto, ouvi música. Olhei. Um povaréu saía do parque Russell; gente vestida de jérsei vermelho, com o estandarte do Salvation Army à frente. Impossível atravessar pelo meio daquela massa humana, que cantava salmos no meio da rua, seguida nos passeios de outros tantos curiosos que faziam pilhérias. Também não convinha regressar, o que me afastaria muito dos meus antigos cômodos. Acolhi-me então à entrada do prédio fronteiro ao museu e lá fiquei até que a multidão passasse. Felizmente, distraído pelo barulho da música, o cachorrinho parou de latir e de cauda entre as pernas voltou correndo para o Bloomsbury Square.

Por ironia da sorte, a banda de música passou tocando o hino: "Quando veremos Sua face?" e pareceu-me interminável o tempo que o exército de salvadores de almas levou a desfilar. *Plan, plan, plan,* lá iam eles marchando ao som do tambor. Distraído com aquela cena, não dei conta de dois meninos que haviam parado na grade, bem na minha frente. "Está vendo?", dizia um. "Vendo o quê?", indagou o outro. "Aquelas marcas de pés descalços, ali nos degraus da escada. Como da gente quando anda na lama."

Olhei para baixo e vi que de fato eu deixara a marca dos meus pés no cimento da entrada. Os passantes cruzavam com os meninos sem lhes prestar atenção; eles, porém, continuavam a interessar-se por aquilo.

Ia já longe o bando dos salvadores — *plan, plan, plan* —, com fragmentos do hino: "Quando veremos Sua face?" Súbito, um dos meninos gritou: "Juro que está um homem descalço por aqui! Entrou e não saiu! E está correndo sangue do pé dele...".

O grosso da multidão já havia passado. "Veja ali, Ted", disse com surpresa na voz o mais criança dos dois pequenos detetives, apontando para meus pés. Olhei para baixo e vi que a lama dos meus pés desenhava-lhe os contornos no ar. A noção daquilo me paralisou por uns instantes.

— "É mesmo", exclamou o outro. "Engraçado! Parece um pé de fantasma", e dizendo isso espichou a mão como para apanhá-lo. Um homem que passava entreparou atraído pela cena e, logo a seguir, uma moça fez o mesmo. Eu tinha de evitar que o menino me tocasse. O meio foi mover-me dali e saltar para o pórtico da vivenda contígua. O menino mais criança, porém, mostrou-se muito vivo; acompanhou-me os movimentos e antes que eu pudesse descer para a rua berrou que os pés haviam pulado o muro.

O homem interpelou-o: "Que há?", e o diabinho respondeu: "Pés! Olhe! Pés que correm!".

Todos na rua, com exceção dos meus quatro observadores, seguiam interessados no Exército da Salvação, e, se aquela gente me embaraçava, também embaraçava aos quatro curiosos. Passantes voltavam o rosto, surpresos, sem se deterem. Desci a escadaria e com um tranco num rapaz que me estorvava o caminho corri para o parque Russell. Atrás de mim ficaram meia dúzia de curiosos a examinar as misteriosas pegadas. Corri em zigue-zague para esquentar os pés e depois parei para esfregá-los com as mãos. Escapei dali, por fim. A última coisa que vi foi uma dezena de pessoas estudando, perplexas, uma pegada mais forte, impressa numa poça de lama, pegada isolada e tão incompreensível como a que Robinson Crusoé encontrou em sua ilha deserta.

A corrida aqueceu-me o corpo, e já mais animado me meti pelas ruas menos frequentadas daquele distrito. Eu estava com dor nas costas, e minhas ventas, maltratadas pelas unhas brutais do cocheiro, ardiam. Nada, porém, me causava maior sofrimento do que os pés, um dos quais se cortara em algum caco de vidro.

Um cego vinha vindo ao meu encontro. Desviei-me. A sutil intuição dos cegos pareceu-me perigosa. Sofri vários encontrões e pus seus causadores assombrados com as pragas que lancei e lhes era impossível perceber de onde vinham. Mas a neve começou a cair. Inevitável um resfriado, que ia se anunciando por meio de ocasionais espirros. Os cães também me preocupavam. Ao vê-los de longe, de focinho para o ar, punha-me logo em defesa.

Em certo ponto, dei com um magote de meninos aos gritos, em corrida louca. Era um incêndio. Corriam na direção da casa do meu judeu polaco. Olhei por cima das casas. O fumo que subia ao céu vinha exatamente de lá. Assegurei-me assim de que meu quarto, com tudo quanto nele se continha, estava sendo irremediavelmente destruído. Roupas, aparelhos, móveis, todos os meus tarecos, com exceção do livro de cheques e dos três volumes de notas científicas, já deviam ser cinza pura. Eu fizera como Fernão Cortez: queimara meus navios.

Nesse ponto da narrativa, o Homem Invisível interrompeu-se, pensativo. Kemp lançou um olhar nervoso para fora da janela. Nada viu e disse:

— Muito bem. Continue.

CAPÍTULO XXII

No empório

E FOI DESSE MODO QUE EU, EM JANEIRO ÚLTIMO, SOB A AMEAÇA de uma tempestade de neve — e a neve sobre mim me denunciaria —, cansado, resfriado, com o corpo dorido, infinitamente miserável e um tanto descrente do valor da minha invisibilidade, dei começo a esta nova vida que me conduziu aqui. Estava sem abrigo, sem roupas, sem nenhuma criatura humana em quem pudesse confiar. Contar meu segredo seria destruí-lo e transformar-me em mero objeto de curiosidade. Não obstante, deliberei denunciar-me a alguém e pedir-lhe ajuda. Receei, entretanto, a brutalidade e a crueldade que o terror provocaria em qualquer criatura no momento de uma revelação dessas. Pus-me a andar pelas ruas formulando planos. Meu objetivo resumia-se em obter agasalho contra a neve e aquecer-me; mas mesmo para um homem invisível as casas de Londres mostram-se hermeticamente inacessíveis.

Só uma coisa eu via com clareza ao redor de mim: o frio, o horror da neve e da noite.

Tive uma ideia. Tomei por uma das travessas que vão da Rua Gower a Tottenham Court à procura do Omnium's, um desses grandes armazéns modernos onde há de tudo, desde carne e toda sorte de alimentos até perfumarias. Omnium's é como uma coleção de armazéns de todos os gêneros imagináveis reunidos num só prédio. Contei encontrar as portas abertas; mas por causa do frio estavam fechadas, só se abrindo quando alguém entrava ou saía. Fiquei uns segundos à espera. Um carro parou defronte e saltou um freguês. Imediatamente um porteiro fardado, com a palavra Omnium's bordada no boné, abriu a porta. O freguês entrou, e eu atrás. Dei na seção de luvas, meias e anexos. Passei à sala próxima, que era a seção de objetos para piqueniques, cestas de vime, a tralha toda.

Não me senti seguro lá. Muita gente a ir e vir. Rodei para outras salas e afinal entrei numa que me oferecia vantagens: a seção de acolchoados e cobertores. Fazia uma agradável temperatura ali e, pois, deliberei não procurar coisa melhor. Fiquei nessa sala, muito atento aos fregueses e caixeiros que lá estavam, à espera da hora de fechar o estabelecimento. Então — pensei comigo — poderia andar à vontade por todas as seções, escolhendo o que me conviesse. Eu necessitava de alimento e roupas. Depois de servido, dormiria um bom sono num daqueles acolchoados. Minha ideia era vestir-me de modo a apresentar um aspecto aceitável e compor da melhor maneira o rosto; depois trataria de apanhar algum dinheiro; iria retirar da posta restante os meus livros e aboletar-me em qualquer parte onde pudesse calmamente elaborar planos de vida. Era preciso estudar os melhores meios de tirar partido da minha invisibilidade.

O tempo de fechar o estabelecimento chegou finalmente, cerca de uma hora após minha entrada ali. Vi que os empregados começavam a descer os estores e que os fregueses se dirigiam para as portas de saída. Rapazes e moças puseram-se alegremente a arrumar os objetos fora de ordem, e me surpreendeu a rapidez com que metiam nas caixas aquela trapalhada toda e guardavam nas prateleiras as mercadorias expostas à venda. Tudo começou a desaparecer dos balcões: fazendas, fitas, caixas de doces, amostras disto e daquilo. O que não cabia em caixa, como móveis e outros objetos de vulto, era coberto com capas. Depois as cadeiras foram postas de pernas para o ar, sobre os balcões, e feito isso os empregados se precipitaram para as portas de saída com uma animação que jamais presumi em pessoal desses estabelecimentos.

Veio então outro lote de empregados com baldes de serragem de madeira e vassouras. Tive de fugir dali porque a serragem aderia ao meu pé e portanto me denunciava. Durante uma hora ouvi o barulho dos baldes e das vassouras em serviço. Por fim, esmoreceu. Todos se retiraram e o estabelecimento fechou as portas. Fiquei só, naquele silêncio, a errar pelas vastas galerias e salas de mostruários. Silêncio, silêncio — e lembro-me de que no andar térreo, junto a uma porta que dava para Tottenham Court Road, ouvi o *tap-tap* dos passantes do lado de fora.

Minha primeira visita foi à seção de luvas e meias. Como estivesse escuro, tive de desencovar fósforos, e foi um trabalhão. Por fim, encontrei uma caixa junto a uma máquina registradora. Obtidos os fósforos, vi que me faltavam velas. Dei busca em inúmeras prateleiras e gavetas, para afinal encontrá-las numa caixa com a etiqueta "Saias de lã". Pude então abastecer-me de meias, luvas, calças, paletó e sobretudo, e ainda de um chapéu de abas largas que me esconderia muito bem boa parte do rosto. Vestido e já me sentindo de novo mudado em criatura humana, tratei do estômago.

No segundo andar, ficava o departamento de comestíveis, onde me servi de carne fria e café. Encontrei o café já preparado na urna respectiva; apenas tive de aquentá-lo. Em seguida, vaguei por aquelas salas em busca da seção de cobertores; detive-me na de mantas e ajuntei uma pilha delas de modo que me servissem de cama. O departamento de gulodices era perto; fui lá, enchi-me de doces e ainda tomei um ótimo borgonha branco. Passei depois pelo departamento de brinquedos, onde vi um setor de máscaras e narizes. Oh, um nariz!

Escolhi um que me calhou perfeitamente. Restava esconder os olhos e não vi lá departamento de ótica. Nada de óculos por ali. O encontro do nariz, porém, iluminou-me o cérebro e pôs-me à procura de cabeleira e máscara. Por fim, fui dormir, cômoda e agradavelmente sobre a pilha de mantas.

Meus últimos pensamentos antes de conciliar o sono foram os mais agradáveis que tive desde a minha mudança. Achava-me num estado de serenidade física que se refletia no moral. Assentei comigo que pela manhã escaparia dali, dissimulando-me entre os fregueses, depois de disfarçar meu rosto com papel de seda cor de carne, bem colado, e iria comprar os óculos escuros com o dinheiro que conseguisse. Desse modo, ficava completo o meu disfarce.

Dormi e sonhei o mais fantástico e absurdo dos sonhos, no qual se misturavam fragmentos de tudo quanto ocorrera naqueles últimos dias. Revi o velho judeu polaco a vociferar em meu quarto; revi os dois moços com os olhos arregalados de espanto e a velha, toda rugas, a perguntar-me pelo seu bichano. Reproduziu-se também nesse sonho a estranha sensação que senti quando o tapete de lã desapareceu invisibilizado, e do tapete passei ao cemitério onde o velhinho, colega de meu pai, murmurava: "És pó e em pó reverterás".

"E você também", sussurrou ao meu ouvido uma voz, ao mesmo tempo que me sentia empurrado para o túmulo. Lutei, gritei, apelei para os presentes que, como se fossem de mármore, prosseguiram no serviço fúnebre sem me dar atenção. Compreendi que estava invisível e inaudível. Forças obscuras apoderaram-se de mim e impeliam-me para a cova, onde caí sobre o caixão; e logo pás de terra desceram sobre meu corpo. Ninguém me via, ninguém me socorria, ninguém tinha a menor ideia da minha existência. Fiz esforços desesperados para arrancar-me da cova, e despertei.

O pálido amanhecer de Londres vinha surgindo. Para dentro daqueles salões enormes, coava-se pela frincha dos estores a débil claridade da aurora. Sentei-me na improvisada cama sem, no primeiro momento, recordar-me do lugar em que me achava. A memória, entretanto, voltou logo e ouvi rumor de vozes na entrada.

Espiei. Na primeira sala, os estores estavam sendo erguidos por dois empregados. Apressei o passo em direção da entrada;

mas não pude evitar que os homens me percebessem. "Quem está aí?", gritou um deles. "Pare!", gritou o outro. Corri e penetrei noutra sala, dando de encontro a um rapaz de uns quinze anos. Eu estava vestido, mas sem parte da cara, de modo que é compreensível o susto pavoroso que levou o rapaz. Urrou. Dei-lhe um tranco e corri para outra sala onde tive a feliz ideia de esconder-me debaixo do balcão. Ouvi passos em tropel e vozes que gritavam: "Todos para as portas! Guardem as portas". Organizavam a minha caçada, os bandidos!

Estirado sob o balcão, perdi completamente o controle de mim próprio. Por estranho que pareça, não me ocorreu a lembrança de despir-me e, desse modo, voltar à invisibilidade defensiva. Eu teimava em escapar vestido, Mas, como os homens houvessem iniciado uma inspeção sistemática nos balcões, fui logo descoberto. "Cá está ele!", gritaram.

Imediatamente saltei de pé e malhei com uma cadeira nas pernas do meu descobridor mais próximo, embolando-o. Apareceu outro à minha frente. Embolei-o também e corri para o andar imediato. O segundo embolado ergueu-se, gritou e subiu em minha perseguição. Perto do patamar da escada, havia montes de vasos artísticos, de todas as formas e valores. Quando vi meu perseguidor já nos últimos degraus, agarrei o maior dos vasos e esmaguei-lhe a cabeça. O diabo rodou escada abaixo, conjuntamente com a cacaria. A pilha inteira de onde eu tirara o vaso desabou fragorosamente, e esse barulho acentuou a correria e gritaria embaixo. Corri para a sala de comestíveis, onde encontrei um homem vestido de branco, evidentemente cozinheiro, que também se atirou a mim. Mudei de rumo e fui parar na seção de lâmpadas e abajures, onde, por trás do balcão, esperei meu cozinheiro. O diabo chegou e avançou, e lá caiu dobrado em dois, com uma lâmpada arremessada à cabeça. Aproveitei o ensejo para despir-me rapidamente, agachado atrás do balcão. Tirei tudo de mim num relance, o sobretudo, o paletó, as calças, as botinas e as meias, mas uma camiseta de lã, muito agarrada ao corpo, resistiu. Ouvi que mais gente vinha subindo.

"Por aqui, senhor policial!", dizia uma voz.

Corria para outra sala, que aconteceu ser a em que dormira, e dela passei para uma de vestidos feitos. Meti-me entre os vestidos encabidados e saquei fora a camiseta, depois de muito esforço e contorções. E pronto! Estava de novo livre e seguro, embora ofegante e apavorado. O policial, seguido de três homens, entrou naquela sala. Vinha com as roupas que eu havia tirado e também apanhou a camiseta de lã. "O gatuno foi largando o furto pelo caminho", advertiu um dos empregados. "Ele deve estar em qualquer parte por aqui".

Mas não conseguiram me encontrar.

Fiquei ali a observar a caçada ainda por algum tempo, amaldiçoando minha falta de sorte. Depois fui à sala dos comes e bebes, tomei um copo de leite e sentei-me junto ao aquecedor para estudar a situação.

Logo depois chegaram dois empregados daquele setor que se puseram a discutir animadamente o singular caso do dia.

Era espantoso o que atribuíam a mim! Continuei a formular planos. O pior de tudo era que, dado o tremendo alarme, seria impossível levar dali o que eu tanto necessitava. Na seção de remessas, estudei se havia meio de empacotar qualquer coisa e lá deixar com um endereço, mas não vi possibilidade de sucesso; eu não entendia o sistema da casa. Ali pelas onze horas, estando a neve já a se derreter e a temperatura muito mais quente que a da véspera, decidi que não valia a pena continuar no empório e saí, exasperado e sem nenhum plano na cabeça.

CAPÍTULO XXIII

Em Drury Lane

— Você, Kemp, começa a compreender as desvantagens da minha condição — continuou o Homem Invisível. — Eu estava sem abrigo, quero dizer, sem roupas, e cobrir meu corpo com roupas seria abandonar toda minha superioridade sobre os homens visíveis, além do mau aspecto com que ficava. E também forçado a jejuar, porque comer, encher-me de substâncias que se mantinham visíveis até que fossem assimiladas pelo organismo, era tornar-me parcialmente visível da maneira mais grotesca.

— Eu não havia pensado nisso — lembrou Kemp.

— Nem eu. A neve também me fez ver outros perigos. Em dia de neve, impossível sair; os flocos se acumulariam sobre mim, denunciando-me. O mesmo com a chuva, que formaria sobre minha pele um contorno líquido, como um rebrilhante molde de homem. E dentro do nevoeiro eu seria como bolha na neblina, dando a vaga forma de um simulacro humano. E não é só. Havia a poeira das ruas que se acumulava em meus pés e por todo o corpo, formando leve capa visível, uma casquinha de homem. O pó de Londres, o pó de carvão... Compreendi logo que em Londres não era meu lugar.

— Isso é verdade. Em Londres não cabe um homem invisível.

— Dirigi-me então para o bairro pobre que fica perto de Great Portland e fui dar no extremo da rua onde eu havia morado, a rua do judeu. Não pude, entretanto, atravessar de um extremo a outro essa rua porque a multidão ainda se acumulava na frente dos escombros fumegantes do pardieiro incendiado. Eu, entretanto, tinha de obter roupas. Era meu problema mais próximo. Uma loja vulgar chamou-me a atenção, dessas que vendem jornais, doces, brinquedos, artigos para escritório, coisas para o Natal, etc.; vi na vitrine máscaras e narizes postiços, e a ideia que me ocorrera no departamento de brinquedos da Omnium's surgiu de novo. Mascarar-me era o que tinha a fazer. Vestir-me e mascarar-me. Com esse fito pus-me em marcha, sempre fugindo dos lugares muito movimentados, à procura das ruas que ficam atrás do Strand. Era lá que ficavam as casas fornecedoras do guarda-roupa dos teatros e da competente maquiagem.

Dia frio, aquele, com vento norte de cortar. Eu caminhava depressa para fugir ao seu látego. Cada cruzamento de rua era um perigo; cada transeunte, um inimigo a evitar. Um homem, em Bedford Street, no momento em que eu lhe ia passando à frente, voltou-se num movimento súbito e projetou-me para a sarjeta, quase sob as rodas de um cabriolé que passava. Essa colisão enervou-me de tal modo que fui acolher-me a um canto do Covent Garden Market, junto a um tabuleiro de violetas, onde fiquei a ofegar e a tiritar. Percebi que apanhara novo resfriado e que tinha de fazer prodígios para que meus espirros não atraíssem a atenção de ninguém.

Finalmente alcancei o bairro que me interessava e nele a casa que me servia, uma casa sórdida, poeirenta, suja de moscas, perto de Drury Lane; a vitrine estava cheia de joias falsas, cabeleiras, dominós, sandálias, vestes lantejoulantes, máscaras e fotografias de atrizes célebres. Loja antiquada e escura, no andar térreo de um prédio de quatro andares de desolador aspecto. Detive-me diante da vitrine e, como não visse ninguém na loja, entrei. Ao abrir a porta envidraçada, uma campainha soou lá dentro. Deixei a porta aberta e afastei-me para um canto, onde havia um desses grandes espelhos montados em braçadeiras, psichê, creio que se chama. Fiquei atrás do espelho. Por todo um minuto, ninguém apareceu. Depois ouvi passos arrastados nos fundos e um homem surgiu.

Meus planos já estavam assentes. Tinha de ficar ali até que a noite sobreviesse e todos da casa fossem dormir; arranjaria então uma cabeleira postiça, máscara, óculos e roupas, voltando para o mundo grotescamente vestido, mas apresentável. E eventualmente poderia ainda levar algum dinheiro que houvesse.

O sujeito que veio dos fundos era um homenzinho retaco e bastante corcunda, de sobrancelhas grossas, pernas demasiado curtas e braços demasiado longos. Aparentemente havia interrompido a refeição. Chegou e olhou para a loja vazia. Ficou furioso. “Estes garotos!”, ganiu, e foi espiar a rua. Nada vendo, fechou a porta com um pontapé e, a resmungar, voltou de onde viera.

Resolvi segui-lo; mas ao mover-me não evitei um rumor que lhe atraiu a atenção. O homenzinho entreparou, de ouvido atento. Fiz o mesmo, admirado da acuidade dos seus sentidos. Por fim, retomou seu caminho, batendo a porta dos fundos quase no meu nariz.

Hesitei um instante, sem mover-me de onde me achava. Nisso o homem voltou. Entrou e ficou a examinar a loja, como desconfiado de qualquer coisa. Resmungava incompreensivelmente, enquanto perquiria todos os recantos onde alguém pudesse se esconder. Nada achou e ficou no ar, pensativo. Aproveitei-me da ensancha e, como ele houvesse deixado a porta aberta, atravessei-a.

Fui ter a um cômodo acanhado, de mobília pobre, com grande número de máscaras a um canto. Na mesa estava o café da manhã interrompido, e foi para mim um suplício vê-lo voltar e tomar aquele café que rescendia agradavelmente. Seus modos à mesa eram de quem está apreensivo com qualquer coisa. O cômodo possuía ainda duas outras portas, uma que levava para cima, outra, ao porão. Todas fechadas. Eu não podia sair dali enquanto estivesse o homem; nem podia mover-me em vista da sua extrema sensibilidade auditiva, e justamente às minhas costas vinha ter uma corrente de ar. Tive de estrangular desesperadamente uns tantos espirros.

A cena era das mais curiosas e inéditas para um observador que não estivesse tão cansado e faminto como eu. Finalmente, o homem concluiu seu café da manhã, pondo na bandeja a cafeteira, a xícara e os sobejos do pão, retirou-se com aquilo pela porta que dava para a cozinha. O fato de ter as duas mãos ocupadas com a bandeja fê-lo deixar a porta aberta. Ele tinha a mania de fechar portas, o raio do homem! Aproveitei-me daquele deslize e segui-o até o porão, onde era a sórdida cozinha. Tive o prazer de vê-lo lavar a louça; mas o ladrilho estava gelado demais para meus pés, de modo que voltei para o quarto e me sentei na cadeira do homenzinho, perto da lareira. O fogo estava baixo e inconscientemente pus mais lenha. O rumor da crepitação fez o homem reaparecer com cara de espanto, e ali ficou diante de mim, atônito, quase a tocar-me. Examinou todo o cômodo, sem mostrar-se satisfeito. Parou indeciso à porta e examinou de novo a loja. Nada encontrando, desceu.

Esperei naquela salinha por um século. Afinal o homem retornou e abriu a porta que dava para cima. Pus-me rente, atrás dele.

Ao subir a escada comigo em seu encalço, deteve-se de súbito, tão de súbito que por um triz não o esbarrei. Voltou-se, atento, a olhar através de mim. "Eu era capaz de jurar...", começou ele em voz alta, e seus dedos puxaram o lábio inferior num movimento de indecisão próprio a muita gente. Seus olhos perquiriam a escada de alto a baixo. Por fim, resmungou e prosseguiu na subida.

No patamar, quando pôs a mão no trinco da porta fronteira, deteve-se de novo com a mesma expressão de desconfiança nos olhos. Ele havia percebido o vago rumor dos meus movimentos atrás de si. Tinha um ouvido diabólico, o raio do homenzinho. Súbito, gritou: "Se está aqui alguém...", mas não concluiu. Ou, antes, concluiu a frase com uma praga de desabafo. Em seguida, levou a mão ao bolso à procura de qualquer coisa, chave, com certeza. Não a achou e desceu a escada com precipitação. Dessa vez, não o segui. Sentei-me no último degrau, calmamente à sua espera.

Voltou logo depois, resmungando. Abriu a porta e, antes que eu pudesse entrar, fechou-a na minha cara.

Resolvi explorar o prédio e o fiz no maior silêncio possível. Casa velha e arruinada, úmida, com o papel a descolar-se, cheia de ratos. O trinco de algumas portas estava emperrado, o que me impediu de abri-las. Diversos cômodos não tinham mobília nenhuma; estavam vazios. Outros, cheios de velhos cenários de teatro que o homenzinho ia arrematando. Num quarto encontrei uma pilha de roupas usadas. Pus-me a remexer ali e na minha ânsia esqueci-me da agudeza dos ouvidos do homenzinho. Ele percebeu qualquer coisa e desceu. Vi-o aparecer de súbito naquele quarto antiquado, de revólver na mão. Imobilizei-me, retendo a respiração, enquanto ele perquiria o cômodo, de boca entreaberta, suspeitoso. "Ouvi! Ouvi qualquer coisa!", murmurava.

Em seguida, retirou-se e percebi que trancava a porta a chave. Seus passos foram se afastando. Fiquei sem saber como agir. Pus-me a passear na imprevista prisão, absolutamente perplexo. O sangue começou a me subir à cabeça. A cólera... Enquanto não me decidia sobre o que fazer, reencetei o exame das roupas, com tal nervosismo, porém, que uma pilha veio abaixo. O barulho fez com que o homenzinho voltasse, mais sinistro e ameaçador do que nunca. Dessa vez, esbarrou em mim e recuou de um salto, num assombro.

Mas acalmou-se logo, murmurando consigo: "Ratos". Estava visivelmente amedrontado. Eu me esgueirei para fora do cômodo, não podendo evitar que uma tábua rin-gisse. O rumor fez com que o diabólico homenzinho percorresse de novo toda a casa de revólver em punho e fosse fechando as portas uma por uma, metendo as chaves no bolso. Quando alcancei em toda a extensão o perigo daquilo, senti a cólera apossar-se de mim. Não vacilei por mais tempo. Avancei nele e o nocautei de um só golpe.

— Na cabeça? — exclamou Kemp.

— Sim, derrubei-o com um golpe na cabeça, no momento em que ele descia a escada. Dei-lhe na cabeça, por trás, com um escabelo, e lá rodou o corcunda escada abaixo, como uma trouxa de trapos.

— Mas... mas isso me parece que foi um crime...

— Crime, sim, para o vulgo. Mas note, Kemp, que eu tinha de me safar dali com um disfarce adequado a esconder minha invisibilidade e não havia outro recurso além desse. Em seguida, amordacei-o com o primeiro trapo que vi perto, uma fantasia a Luiz XIV, e embrulhei-o num lençol.

— Embrulhou-o num lençol!...

— Fiz uma trouxa com ele dentro. Foi boa ideia. Era o meio de conservar aquele idiota amedrontado e calado, de modo a não mais me atrapalhar os planos. E amarrei a trouxa com um cordel. Meu caro Kemp, inútil estar aí com essa cara, como se estivesse diante de um assassino que confessa seus crimes. Ele estava armado de revólver e, se tivesse me visto, certo que atiraria.

— Mesmo assim, Griffin. Na Inglaterra! Em nossos dias! O homem estava em sua casa e você o roubava.

— Roubava? Que absurdo, Kemp! Nesse andar você não tardará a considerar-me um reles gatuno. Será que você não compreende o especial da minha situação?

— Compreendo, mas compreendo também a situação do homem — replicou o médico.

Griffin pôs-se de pé de um salto.

— Que quer dizer com isso?

O rosto do médico severizou-se. Quis responder, mas conteve-se. Por fim, murmurou, mudando de tom:

— Está direito. Não há dúvida de que não podia ter agido de outro modo. Tinha de sair daquele impasse. Mas...

— Era um impasse, não resta dúvida nenhuma. Um terrível impasse. Além disso, ele havia me posto fora de mim com aquela perseguição pela casa inteira, de revólver em punho, a trancar todas as portas. Você não me culpa, né, Kemp? Diga...

— Eu jamais culpo a quem quer que seja, — respondeu o médico. — É coisa fora de moda, hoje em dia. Mas que fez depois?

— Eu estava com fome. Desci para a cozinha, onde encontrei pão e queijo em quantidade mais que suficiente para as minhas necessidades. Tomei também um copo de *brandy* com água e voltei para o quarto onde havia deixado a trouxa. Examinei. Estava imóvel. Nenhuma perturbação viria dali. Voltei para o cômodo de roupas velhas, o qual dava para a rua. Cortinas de renda sujíssimas pendiam das janelas. Espiei fora. Um dia luminoso de sol contrastava com o escuro daquele antro. O movimento da rua era grande. Carrocinhas de verdura, um cabriolé, um caminhão atulhado de caixotes, um peixeiro...Quando deixei a janela, manchas de sol cegavam-me a visão a ponto de a custo distinguir o que havia no quarto. Tive de afazer os olhos à treva. A minha excitação de até ali cedera, dando lugar a uma serena compreensão de tudo. Boiava naquele cômodo um fugidio cheiro de benzina, a benzina empregada para limpar a traparia.

Dei começo a uma sistemática pesquisa, certo de que o corcundinha era o único habitante da casa. Curiosa criatura!... Tudo quanto me podia servir fui apartando e depois fiz uma escolha bem ponderada. Encontrei um nécessaire que me valeu muito. Havia nele pó de arroz, ruge e creme para a pele.

Refleti que aquela maquiagem me faria de novo visível, embora tivesse suas desvantagens, como a de exigir muita terebentina para a desfazer, quando de novo necessitasse fazer-

-me invisível. Depois de muitos estudos escolhi um bom nariz postiço, levemente grotesco, embora não mais do que o de inúmeras criaturas que andam pelo mundo. Escolhi uns óculos escuros, bigodes espessos e boa cabeleira. Não pude encontrar roupas de baixo; mas não eram absolutamente necessárias, além de que eu poderia adquiri-las em qualquer loja. Também não encontrei meias nem sapatos. Tinha de utilizar-me das do corcunda, do mesmo número do meu pé, embora um pouco apertadas. Na mesa do escritório encontrei quatro soberanos e uns trinta xelins em prata; também encontrei numa gaveta do étagère[5] oito libras em ouro. Eu podia portanto voltar ao mundo. Estava habilitado com tudo que se fazia mister.

Depois de devidamente preparado, fui invadido de dúvidas. Seria meu aspecto passável? Não despertaria suspeitas? Fui me ver num espelho, no qual me estudei sob todos os pontos de vista, minuciosamente, corrigindo pequenas falhas. Achei-me grotesco e absolutamente teatral, tornara-me um pobre diabo como os que aparecem à luz das gambiarras, mas nada havia de fisicamente inadmissível em meu exterior. Fui ao espelho grande da loja, atrás do qual me escondera ao entrar, e lá me examinei de corpo inteiro. Estava bem. Passava.

Uns minutos foram gastos para criar coragem; depois abri a porta da rua e saí, sem me lembrar do homenzinho que deixara amarrado no lençol. Ele que se arrumasse. Em cinco mi-

(5) Espécie de estante de prateleiras abertas e sem portas, às vezes com um gabinete fechado na base, onde se guardam objetos ornamentais ou ainda objetos de louça ou baixelas; aparador.

nutos, já havia eu dado uma dúzia de voltas sem que pessoa alguma visse em mim nada de estranho. Admiti que minhas dificuldades estavam vencidas.

Nesse ponto, o Homem Invisível interrompeu a narração.

— E não pensou mais no corcunda? — quis saber Kemp.

— Não — respondeu ele. — Nem vim a saber do que lhe sucedeu depois. Imagino que conseguiu se libertar por si mesmo, a pontapés, apesar de que amarrei bem amarrado o lençol...

Disse e calou-se de novo, indo até a janela para espiar fora.

— E que aconteceu depois, na rua?

— Oh, novas desilusões! Eu julgara que minhas dificuldades estivessem no fim, mas me enganei. Minha ideia era fazer o que me desse na cabeça, quando invisível, e depois me esconder na visibilidade. Sobre as consequências dos meus atos jamais pensei. Faria o que quisesse e depois desvaneceria. Desse modo, impossível me agarrarem. Dinheiro, apanharia quanto quisesse, onde o encontrasse. Minha ideia era montar uma suntuosa casa e acumular riquezas. Embalado por esse sonho, senti-me extraordinariamente confiante. Inútil recordar agora que eram pensamentos de um verdadeiro asno. Entrei num restaurante, e já estava sentado quando refleti que não poderia comer em público sem que a maquiagem do meu rosto se quebrasse. Limitei-me a pedir qualquer coisa e a sair enquanto o criado se afastava. Não sei se você já se sentiu alguma vez desapontado em seu apetite, Kemp.

— Dessa maneira, nunca — respondeu o médico. — Mas imagino o que seja.

— Meu ímpeto era de massacrar todos aqueles imbecilíssimos atrapalhadores. Lembrei-me dos gabinetes reservados, e em outro restaurante tomei um e pedi a refeição, explicando que estava desfigurado e não queria ser visto. Os garçons olharam-me com curiosidade, mas nada tinham a ver com aquilo e fui servido como pedi. Fiz minha refeição em paz e depois fumei um charuto enquanto refletia sobre o próximo passo. Fora, a neve começava a cair.

Quanto mais penso nisso, Kemp, mais compreendo o terrível absurdo de um homem invisível num país de clima frio e numa cidade civilizada como Londres. Antes, eu só pensava nas vantagens que o invisível me traria; naquele momento estava verificando todas as desvantagens. Aquela tarde foi só de desapontamentos. Passei em revista todas as coisas que os homens mais desejam. Não havia dúvida de que a invisibilidade punha ao meu alcance tais coisas, mas impedia-me de gozá-las. Ambição — que prazer pode dar a ambição realizada, se a gente não pode mostrar-se? Como obter o amor de uma mulher, que não vire Dalila? Além disso, eu não tinha gosto pela política, nem pelo cabotinismo espetacular, nem pela filantropia, nem pelo esporte. Que fazer de mim, então? E assim, sem objetivos na vida, eu tornara-me aquilo: um espectro ou uma caricatura teatral...

O Homem Invisível deteve-se, com um olhar para a janela.

— E como foi parar em Iping? — indagou Kemp, ansioso por conservar o hóspede distraído com a narração de seu próprio caso.

— Fui para Iping a fim de mergulhar-me no trabalho. Viera-me uma esperança. Uma meia ideia, e tenho-a ainda. Sabe qual é? Voltar atrás. Visibilizar-me de novo. Destruir tudo quanto levei anos para alcançar. E é isso que desejo debater com você, Kemp.

— Mas foi para Iping e...

— Sim. Fui para Iping levando apenas meus três livros de notas, minhas roupas e uma quantidade de drogas para início dos novos estudos. Hei de mostrar a você, Kemp, as notas que tenho nesses livros, caso consiga reavê-los. Por Deus! Lembro-me da tempestade de neve que caía quando cheguei a Iping e do estado em que ficou meu nariz de massa de papel...

— Mas anteontem você foi encontrado fora de Iping, a julgar pelo que dizem os jornais — lembrou Kemp.

— É verdade. E os jornais dizem que matei aquele estúpido policial, não é assim?

— Não. Está ainda vivo e com esperanças de salvar-se — explicou Kemp.

— Tem sorte, o diabo. Eu perdi a cabeça completamente. Idiotas! Por que não me deixaram em paz? E que aconteceu ao estúpido dono da tabacaria?

— Vai arribando. Não se espera morte nenhuma — disse Kemp.

— Também não sei onde anda o vagabundo de estrada que me logrou — disse o Homem Invisível com um sorriso de ódio. — Pelos céus, Kemp! Um homem calmo como você não imagina o que seja a raiva... Trabalhar anos e anos, planejar durante horas sem fim e, quando tudo entra em realização, ser atrapalhado por bando de cretinos... Tenho a impressão de que todos os imbecis do mundo se reuniram para conspirar contra mim. Um pouco mais que aquilo continuasse e eu enlouqueceria. Os idiotas complicaram-me terrivelmente a situação...

CAPÍTULO XXIV

O plano que falhou

— Mas agora? — indagou Kemp, com um furtivo olhar para a janela. — Que iremos fazer?

O médico aproximara-se do hóspede para evitar que ele visse três homens que vinham na direção da casa, que vinham com excessiva lentidão, pensou Kemp.

— Que intentava fazer — prosseguiu o médico — ao vir para Port Burdock?

— Minha ideia era escapar deste país. Mas abandonei esse plano desde que, por um extraordinário acaso, vim cair aqui em sua casa, Kemp. Acho conveniente, agora que o tempo está bom para a invisibilidade, ir para o sul da Europa. Por cá meu segredo está descoberto e todos empenhados em minha captura. Há uma linha de vapores daqui para a França. Minha ideia é tomar um desses barcos e correr os riscos da travessia. Posso de lá ir de trem para a Espanha. Ou para a Argélia. Não é difícil. E, então, fazer coisas. Eu andava me utilizando daquele miserável vagabundo como cofre e porta-bagagem, até que decidisse sobre o melhor meio de guardar meus objetos.

— É claro.

— Mas o bruto encasquetou na cabeça a ideia de roubar-me. E escondeu meus livros, Kemp! Escondeu meus livros! Ah, se lhe ponho as mãos em cima! Antes de mais nada, tenho de reaver esses livros. Por onde andará ele agora? Sabe-o você, por acaso, Kemp?

— Está na polícia, bem fechado, e a seu próprio pedido.

— Cachorro!

— E isso atrapalha um pouco seus planos, Griffin.

— Sim. Preciso reaver esses livros. Nada mais importante. Nada mais vital.

— Penso do mesmo modo — disse Kemp, um tanto nervoso e na dúvida se teria ouvido passos na frente da casa. — Temos que reaver esses livros, não resta a menor dúvida. E não creio que seja difícil, se é que ele não suspeita do que valem para você, Griffin.

— Não. Não suspeita coisa nenhuma. Nunca lhe dei a entender coisa nenhuma. Só lhe disse que continham segredos.

O médico estava a procurar um meio de dar nova corda no Homem Invisível, que se calara, pensativo, quando de moto próprio ele prosseguiu.

— A entrada casual em sua casa, Kemp, mudou todos os meus planos. Você é um homem culto e dos que compreendem. A despeito de quanto sucedeu, a despeito dessa horrível publicidade e da perda dos livros, subsistem ainda grandes, tremendas possibilidades...

E, bruscamente, depois de uma pausa:

— Não contou a ninguém que estou aqui? A ninguém, absolutamente a ninguém? — indagou Griffin.

— A ninguém.

— Pois então... — e o Homem Invisível ergueu-se e pôs-se a passear pelo quarto, de mãos na cintura. - Cometi um erro, Kemp, um enorme erro conduzindo meu caso sozinho. Perdi tempo, energias e oportunidades. Só!

É espantoso como o homem não pode viver e agir sozinho! Fica limitado a roubar um bocado, a malfazer um bocado, e acabou-se.

O que desejo, Kemp, é um guardião, um auxiliar e um ponto de refúgio. Uma casa onde possa com toda a segurança dormir e comer. Associado a um homem visível e com casa e comida seguras, poderei realizar mil prodígios.

Até aqui tenho andado às tontas. Faz-se mister ponderar em tudo quanto a invisibilidade significa. O que é possível fazer com ela e o que não. Não há grande vantagem em escutar sem ser visto, e outras coisas assim; o invisível sempre produz alguns sons denunciadores. Pouca vantagem também em assaltar casas. Pode resultar em aprisionamento. Mas note que a invisibilidade é excelente para duas coisas: para fugir e para chegar a qualquer ponto.

É, portanto, particularmente útil no homicídio. Posso andar à roda de um homem, por mais armado que esteja, escolher o bom momento, atacá-lo e escapar incólume.

Kemp torcia nervosamente o bigode. Parecera-lhe ouvir passos embaixo.

— É no homicídio que temos maiores oportunidades, Kemp.

— Realmente — tornou o médico. — Há um grande campo de ação no homicídio. Estou acompanhando seu pensamento, Griffin, mas não concordo. Por que matar?

— Espere. Não digo matar à toa, por mera bravata. Mas matar judiciosamente. O ponto é este: o mundo já sabe que existe um homem invisível. Muito bem. Esse Homem Invisível criará o reino do terror. Poderá empolgar uma cidade como Burdock e aterrorizá-la e dominá-la. Ditará leis, ordens. E pode fazer isso de mil modos. Com bilhetes ameaçadores metidos debaixo das portas, por exemplo. E quem desobedecer será imediatamente eliminado.

— Uf! — exclamou Kemp, mais atento aos rumores embaixo do que ao que dizia o hóspede. — Parece-me, Griffin — murmurou em seguida, para disfarçar sua preocupação, — que seu aliado ficaria em posição muito difícil e perigosa.

— Ninguém desconfiaria desse aliado. — respondeu o Homem Invisível. — Espere... Estou ouvindo barulho embaixo!... Quem é?...

— Os criados, com certeza — respondeu Kemp com calma, e pôs-se a falar mais alto e mais depressa. — Não concordo com isso, Griffin. Não concordo em absoluto. Pura monstruosidade, esse planejar crimes contra os homens. De que modo podemos, agindo assim, alcançar a felicidade? Ser lobo solitário, não! Muito melhor publicar o resultado dos seus estudos, dar ao mundo sua descoberta e desse modo ganhar a confiança da nação. Pense no que poderia fazer se dispusesse de um milhão de auxiliares e agisse dentro da lei...

O Homem Invisível o interrompeu com um gesto.

— Ouço passos de quem sobe!...

— A criada — repetiu Kemp.

— Deixe-me ver — disse o Homem Invisível, e foi até a porta.

O que sucedeu desse momento em diante foi rápido. O Homem Invisível ao chegar à porta compreendeu tudo e berrou com desespero na voz:

— Traidor! — rapidamente sua camisola abriu-se, entremostrando o vácuo interno. Começava a despir-se num relâmpago: ia afundar na invisibilidade. Ia escapar!

Kemp deu um salto para a porta com o intuito de lhe barrar a passagem. O Homem Invisível fez o mesmo, mas já tarde. Kemp estava do outro lado e batera a porta com violência. Embaixo crescia o rumor de várias pessoas galgando a escada.

O Invisível teria ficado preso no belvedere se não fosse um pequeno incidente. A chave estava do lado de fora e saltou da fechadura no momento em que Kemp malhou a porta. O médico empalideceu e atracou-se ao trinco. Tudo dependeria de manter o belvedere fechado até que o socorro chegasse. Travou-se a luta. O Invisível forçava a porta do lado de dentro e Kemp a escorava do lado de fora. Mas as forças eram desiguais e a porta foi se abrindo. Abriu até uns quinze centímetros, momento em que o médico, num supremo esforço, conseguiu desfazer a vantagem. O Invisível meteu ombros de rijo e entreabriu-a de novo, dessa vez metendo no vão a camisola, à guisa de calço. Kemp teve de ceder. A porta escancarou-se e ele foi agarrado pelo gasnete por duas mãos invisíveis e empurrado de encontro à grade do patamar. A camisola agitou-se no ar e se meteu cabeça adentro.

O coronel Adye, chefe de polícia em Burdock, que já vinha no meio da escada, entreparou atônito ao brusco aparecimento do médico no patamar, perseguido por aquela camisola que tentava vesti-lo à força. Viu-o cair e lutar a pontapés, lutar contra o ar vazio, lutar contra a camisola. Viu-o depois rolar como um fardo escada abaixo.

Quase ao mesmo tempo sentiu-se batido com violência. Batido por coisa nenhuma! Um invisível peso desabara sobre si e o fizera também rolar pela escada. Um pé pisou-lhe as costas e um rosnar de fantasma se fez ouvir, afastando-se. Os dois policiais que com ele tinham vindo correram no *hall*, aos gritos. Mais além, a porta da rua bateu com violência.

O coronel acabou de rolar pela escada e só ao chegar ao hall conseguiu pôr-se de pé. Viu na sua frente o médico, descabelado, sujo de poeira, lívido, com a boca a sangrar e esforçando-se por libertar-se da camisola vermelha.

— Meu Deus! — exclamava Kemp assombrado. — O Homem Invisível escapou...

CAPÍTULO XXV

A caçada ao Homem Invisível

Por algum tempo, Kemp ficou sem poder contar ao coronel Adye o que com tanta rapidez acabava de se passar. Depois falou, mas tão atrapalhadamente que o chefe de polícia nada entendeu. Estavam os dois embaixo da escada, o médico ainda de camisola.

— É um louco — dizia Kemp. — Um desumano. A encarnação do egoísmo. Só pensa em vantagens pessoais e na sua segurança. Levei a manhã inteira ouvindo toda a história de seu tremendo egoísmo. Já feriu muitos homens. Quer agora matar, e matará, a não ser que o apanhemos. Quer criar o reino do terror. Nada deterá semelhante monstro. Fugiu em estado de fúria. Sua cólera é terrível.

— Havemos de apanhá-lo — declarou o coronel Adye.

— Isso é certo.

— Mas como? — tornou Kemp, e imediatamente pipocou de ideias. — Precisa começar já, coronel; precisa pôr em campo toda a polícia; é indispensável que ele não saia do distrito. Se escapa, some-se por aí afora, como era sua intenção, a matar e a estropiar. Ele sonha com o reino do terror. O reino do terror, compreende? É preciso guardar os trens e as estradas e os navios. A guarnição deve ser mobilizada. É preciso telegrafar, pedir socorro. A única coisa que pode conservá-lo aqui são os livros de notas sobre sua descoberta, aos quais dá valor imenso. Isso é importante. Há um homem lá na polícia, um tal Marvel...

— Eu sei — disse o coronel Adye —, eu sei. Mas esse vagabundo de estrada...

— Diz que não sabe dos livros, não é? Sabe, sim. O senhor deve providenciar de modo que o Homem Invisível não possa dormir nem comer, de dia nem de noite. O país precisa mobilizar-se contra ele. Tudo que for alimento deve ficar fechado em lugar inacessível. As casas têm de ser trancadas. E o céu que nos mande noites de neve e chuva! Todo o distrito deve sair a seu encalço e não sossegar antes de tê-lo seguro. É um monstro perigosíssimo, coronel, um desastre! Enquanto não estiver enjaulado, ninguém pode prever o que sucederá.

— Que mais acha que devo fazer? — exclamou o coronel Adye. — Vou já organizar a caçada. Não quer vir também? Por quê? Temos de reunir um conselho de guerra, com Hopps e os diretores das estradas de ferro. Por Jove! É urgente. Venha, doutor, venha ajudar-nos. Que mais acha que devemos fazer? Diga tudo.

Dali a pouco o coronel Adye dirigiu-se para a porta da rua, onde encontrou os dois policiais olhando para o ar deserto.

— Ele escafedeu-se, senhor! — disseram os guardas.

— Precisamos ir já ao posto — declarou o coronel. — Um de vocês vá ver um cabriolé, depressa! E agora, Kemp, que mais?

— Cachorros — respondeu Kemp. — Arranjar cachorros.

Não o veem, mas farejam-no. Arranje muitos cachorros.

Está bem — exclamou o coronel. — Tenho lá na polícia quem conhece em Halstead um homem que possui bons cachorros de caça. Cachorros. Que mais?

— Não esquecer, coronel, que quando ele come a comida fica visível no estômago e nos intestinos. Por isso tem de esconder-se logo que toma uma refeição, só saindo quando o alimento está assimilado. É preciso organizar uma batida em regra. Não deixar um canto sem exame. E pôr em ação tudo quanto for arma, todas as armas possíveis! Ele não pode conduzir nada consigo, e o que apanha trata logo de esconder.

— Muito bem — disse o coronel. — Nós havemos de capturá-lo.

— E nas estradas... — ia ajuntando Kemp, mas hesitou.

— Sim?...

— Espalhar vidro quebrado nas estradas. É cruel, bem sei, mas pense no mal que o demônio pode fazer.

O coronel Adye não gostou da sugestão.

— Não é leal, mas... arranjarei o vidro britado, que ficará de reserva para caso de absoluta necessidade.

— É um homem que não é mais homem. Desumanizou-se, coronel. Estou seguro que vai estabelecer o reino do terror, caso não seja capturado quanto antes. Nossa única oportunidade é atacá-lo antes que nos ataque. Rompeu com a humanidade, a humanidade tem de romper com ele.

CAPÍTULO XXVI

O assassínio de Wickstead

O HOMEM INVISÍVEL DEVIA TER SAÍDO DA CASA DO DOUTOR KEMP num estado de furor sem limites. Uma criança que brincava na calçada levou dele um tranco que a jogou longe, com o pé quebrado. Depois disso, porém, não houve nenhuma outra indicação da sua passagem. Ninguém fazia a menor ideia do seu paradeiro. Mas era natural que naquela quente manhã de junho ele subisse o morro de Port Burdock, desesperado com seu intolerável fadário, e que procurasse abrigo nos matagais de Hintondean, onde podia meditar e reconcertar seus planos contra a espécie humana. Aqueles matagais pareciam ser seu mais lógico refúgio, e realmente foi lá que às duas horas da tarde deu ele um trágico sinal da sua presença.

Impossível adivinhar qual seu estado de ânimo por esse tempo e que tramas se arquitetavam em seu cérebro. Não há dúvida de que em consequência da traição de Kemp ele chegara ao paroxismo da fúria, e embora possamos compreender os motivos dessa deslealdade também devemos admitir a extensão da fúria que ela provocou na vítima. Sua surpresa talvez pudesse equiparar-se à que teve durante as primeiras provas positivas das experiências na Rua Oxford. Evidentemente, o louco havia contado com a cooperação de Kemp no brutal sonho de estabelecer o reino do terror. Seja como for, Griffin desaparecera da percepção humana e ninguém teve o menor vislumbre da sua presença até duas horas e meia da tarde. Tal inação foi talvez sorte para muita gente; mas revelou-se desastrosa para ele.

Durante esse espaço de tempo enorme quantidade de homens espalhou-se pelo distrito em sua procura. Pela manhã, o Homem Invisível não passava de uma simples lenda, acreditada por uns e negada por outros; à tarde, porém, e em consequência do terrível depoimento do doutor Kemp, era apresentado como realidade positiva, como inimigo perigosíssimo que a todo transe tinha de ser eliminado; e a população de Burdock organizou-se com incrível rapidez. Às duas horas ainda ele poderia escapar, tomando um trem; depois dessa hora, entretanto, já seria isso impossível; todos os trens das linhas para Southampton, Winchester, Brighton e Horshan corriam de portas fechadas, e o tráfego de mercadorias estava quase suspenso. Num círculo de vinte milhas ao redor de Port Burdock, homens armados de espingardas e marretas espalhavam-se em grupos de três e quatro, seguidos de cães, por todas as estradas e campos.

A polícia montada percorria os caminhos, detendo-se em todas as habitações marginais para avisar os moradores e instruí-los de como trancarem as casas e conservarem-se dentro, a não ser que possuíssem armas. Todas as escolas fecharam mais cedo, e as crianças, aos grupos, foram conduzidas para as respectivas casas. Uma proclamação escrita pelo doutor Kemp e subscrita pelo coronel Adye foi impressa e pregada em todas as esquinas. Nesse boletim, eram estabelecidas claramente as condições da luta e acentuada a necessidade de manter o Homem Invisível sem dormir e sem comer; também se frisava a necessidade de uma vigilância incessante, e de contínua atenção a qualquer coisa de anormal ou que fosse notada. Tão rápida e decidida foi a ação das autoridades, tão avassaladora a admissão dos fatos por toda gente, que antes de anoitecer uma área de diversas centenas de milhares quadradas estava em rigoroso estado de sítio. Ao cair da noite, um arrepio de horror percorreu toda a população; murmurada de boca em boca, de um extremo a outro da zona, voou a história do assassínio de Mr. Wickstead.

Se nossa suposição dos matagais de Hintondean como ponto de refúgio do Homem Invisível é correta, temos forçosamente de admitir que na primeira hora da tarde ele afastou-se de lá, levado por algum projeto que envolvia o emprego de armas. Não podemos saber que projeto era; mas é fato que trazia uma barra de ferro quando colidiu com sr. Wickstead.

Nada podemos saber ao certo quanto aos pormenores desse encontro, que ocorreu à beira de uma mina de pedregulho, a menos de duzentas jardas do solar de lorde Burdock. Tudo ali indicava o desespero da luta que se travou: o chão apisoado, os numerosos ferimentos recebidos por sr. Wickstead, sua bengala partida. Mas a razão do assalto (a não ser que fosse um acesso de loucura homicida) não pode ser imaginada. A hipótese da loucura homicida parece-nos aceitável. O sr. Wickstead era um homem de quarenta e cinco a quarenta e oito anos, mordomo de lorde Burdock, de aparência e hábitos inofensivos, a última pessoa no mundo capaz de provocar a quem quer que fosse. Foi contra ele que o Homem Invisível manejou a barra de ferro arrancada a uma grade de jardim. O louco deteve esse homem em caminho para casa, atacou-o, derrubou-o com pancadas terríveis que lhe quebraram o braço e depois lhe moeu completamente a cabeça.

As circunstâncias pareceram indicar que o criminoso tinha em mãos a barra de ferro quando encontrou a vítima; não apanhou a barra especialmente ou propositadamente para agredi-lo. Dois elementos, além dos já apresentados, levam-nos a pensar assim. Um, o fato de que a mina de pedregulho, isto é, um recôncavo numa encosta, já muito escavado e formando barrancas ao fundo, não ficava no caminho do solar de lorde Burdock, ficava a umas duzentas jardas desse caminho. Outro elemento foi a declaração de uma menina que voltava para a escola depois do lanche e viu o sr. Wickstead "trotando" de um modo esquisito atrás de qualquer coisa. A conclusão que tiramos é que o sr. Wickstead, ao "trotar" daquela maneira, perseguia qualquer coisa que se afastava diante de si, e perseguiu-a até que a alcançou e despedaçou contra ela sua bengala. Essa menina foi a última pessoa no mundo que viu o sr. Wickstead vivo. Uma depressão do terreno e as árvores que se amoitam naquele campo impediu-a de entrever a luta.

Essas circunstâncias permitem uma hipótese que é a seguinte: Griffin tinha tomado nas mãos a barra e ia com ela, mas sem nenhuma intenção de usá-la para cometer aquele homicídio. Súbito, Wickstead vê a barra a mover-se sozinha no ar. Evidentemente não pensou no Homem Invisível, pois o solar de lorde Burdock fica a dez milhas de Port Burdock, e é provável que nem tivesse ouvido falar nele. E pôs-se a correr atrás da barra que fugia, pois o seu portador se afastava para não denunciar sua presença ali. O sr. Wickstead perseguiu a barra e afinal alcançou-a e deu-lhe com a bengala; por isso foi a bengala encontrada partida ao meio.

Não há dúvida de que na fuga em campo raso o Homem Invisível teria distanciado o mordomo de lorde Burdock, homem já de meia-idade; mas o ponto em que o seu corpo foi encontrado sugere que o Homem Invisível se viu encurralado pela barranca de pedregulho. Ora, para os que conhecem a extraordinária irritabilidade de Griffin, nada mais simples que deduzir o resto.

Isso, entretanto, é pura hipótese. Os fatos colhidos foram a descoberta do cadáver de Wickstead naquele local e, perto, a barra assassina, manchada de sangue, numa moita de urtigas. O abandono da barra depois da perpetração do crime pode ser atribuída à excitação que o fato causou no assassino; se ele trazia em mente qualquer propósito quando apanhou a barra, depois da morte de Wickstead o abandonou. Griffin era uma criatura monstruosa de egoísmo e vazia de sentimentos, não há dúvida; a vista, porém, da sua vítima — e a primeira vítima — ali tombada, sangrenta, aos seus pés, pode ser que despertasse nele a inquietação ou o remorso, ou outro qualquer sentimento que o levasse a abandonar o seu primitivo plano.

Depois do assassínio do sr. Wickstead é provável que o criminoso se dirigisse para a baixada próxima. Houve quem depusesse a respeito de uma voz ouvida ao cair da tarde num campo perto de Fern Botton. Risadas e gemidos, soluços e queixumes; de quando em quando, gritos. Devia ser algo tétrico de se ouvir. Essa voz denunciou-se através de um campo de trevo e perdeu-se além, na direção dos morros.

Nesse intervalo, o Homem Invisível compreendeu que bom uso fizera Kemp das suas confidências da manhã. Devia ter percebido o fechamento sistemático das casas, e se parou em alguma estação de estrada de ferro viu que todos os vagões seguiam trancados; também devia ter lido algum exemplar da proclamação lançada contra ele e afixada pelos muros. Em consequência dessa proclamação, antes do cair da noite, já os campos e caminhos estavam pontilhados de grupos em armas, cada qual com seu cachorro de faro pronto.

Esses grupos tinham instruções sobre a maneira de enfrentar a caça e de como ajudar-se uns aos outros. O Homem Invisível, porém, evitou-os. Podemos imaginar a intensidade da sua exasperação, agravada pela consciência de que ele mesmo fornecera os preciosos informes de que todos agora se serviam para sistematizar sua captura. Pelo menos naquele dia, Griffin deve ter perdido comple-tamente o ânimo de luta; pelo menos durante vinte e quatro horas, até o momento em que matou o sr. Wickstead, o Homem Invisível viu-se positivamente na situação de um homem caçado. Durante a noite, repousou e alimentou-se. Afirmamos isso porque pela manhã do dia seguinte reaparecia ativo, poderoso, mau, colericamente preparado para seu último choque contra o mundo.

CAPÍTULO XXVII

O assédio à casa do dr. Kemp

A MANHÃ ENCONTROU O DOUTOR KEMP LENDO UMA ESTRANHA missiva, escrita a lápis em papel de embrulho.

Você mostrou-se extraordinariamente enérgico e hábil, dizia a missiva, *embora eu não possa compreender o que venha a ganhar com isso. Pôs-se contra mim. Durante um dia inteiro caçou-me e ainda procurou fazer com que eu não pudesse dormir nem comer. Mas enganou-se, meu caro. Dormi, comi e a luta vai ser travada. Está apenas iniciada. Vai começar o reino do terror. Esta missiva anuncia o princípio do terror. Port Burdock já não está sob o governo da Rainha: avise disso ao tal coronel chefe de polícia e ao resto da matilha. Está sob o domínio do terror! Esta data marca o primeiro dia de uma nova era — a Era do Primeiro Homem Invisível. Sou o Invisível Primeiro! Para começar, haverá uma execução que sirva de escarmento e exemplo, e será executado um homem de nome Kemp. A morte o visitará hoje. Oculte-se onde quiser, feche-se como puder, arme-se como se armar, a Morte, a Morte Invisível se aproximará do mesmo modo. Ele que tome todas as precauções: a inutilidade dessas precauções ainda mais impressionará ao povo. A Morte anuncia-se desta caixa postal, a esta hora meio-dia. O estafeta que vem retirar a correspondência já se aproxima. Logo depois este aviso estará nas mãos do condenado. A Morte começa. Não procureis socorrê-lo, ó habitantes de Burdock, para que a mão da Morte não caia também sobre vós. O fim de Kemp chegou.*

O médico leu a missiva duas vezes.

— Não é nenhuma mistificação — disse consigo. — Reconheço-lhe o estilo e ele fará o que diz aqui.

Examinou depois o reverso do papel e viu que o endereço trazia o carimbo da estação postal de Hintondean, como um detalhe prosaico: *Porte a pagar*.

Kemp ergueu-se lentamente, deixando o almoço por acabar (a carta fora entregue pelo estafeta de uma da tarde) e foi para o escritório. Tocou a campainha. Vindo a criada, explicou-lhe tudo e mandou-a correr a casa e fechar todas as portas e janelas. Depois fechou ele mesmo as janelas do escritório. De uma gaveta do criado-mudo, tirou um revólver, que examinou com cuidado e meteu no bolso da jaqueta. Em seguida, escreveu um bilhete ao coronel Adye e mandou-o levar pela criada, depois de explicar de que maneira devia sair e reentrar em casa.

— Não há perigo nenhum — acrescentou ao despedi-la, embora mentalmente fizesse uma restrição: "para você", e deixou-se ficar vários minutos imerso em profunda meditação. Depois, tornou à refeição já fria.

O dr. Kemp almoçou absorto, com o pensamento longe dali. Súbito, deu uma palmada na mesa.

— Nós havemos de apanhá-lo — exclamou — e eu servirei de isca. Ele vai vir cá, mas será muito tarde.

Ao sair da mesa, foi para o belvedere, fechando cuidadosamente todas as portas atrás de si.

— É um jogo, um estranho jogo — murmurou —, mas todas as oportunidades estão do meu lado, senhor Griffin, apesar da sua invisibilidade. Que topete! Griffin contra *mundum*... e por espírito de vingança!

Na janela do escritório, pôs-se a olhar para a encosta batida de sol.

— Ele tem de cavar alimento dia a dia, e não o invejo. Dormiria mesmo esta noite, como diz na carta? No descampado, sim, livre de encontros, pode ser. Que bom se sobreviesse agora uma onda de frio, em vez deste tempo tão agradável! Ele deve estar de olho em mim a estas horas.

Continuou a olhar para a encosta. Um rumor próximo da janela. Qualquer coisa remexeu-se no beiral. Kemp recuou de brusco.

— Estou ficando nervoso — disse ele, e só cinco minutos depois é que retornou à janela, convencido de que se tratava de algum pardal.

Nisso a campainha soou lá embaixo. Kemp desceu depressa. Puxou os ferrolhos da porta de entrada, torceu o trinco, examinou se a corrente estava bem presa ao gancho e entreabriu cautelosamente, sem apresentar o corpo. Uma voz familiar o sossegou. Era o coronel Adye.

— Sua criada foi agredida no caminho — disse ele de fora.

— Quê? — exclamou Kemp.

— A carta que o senhor me mandou foi arrancada das mãos dela. *Ele* anda aqui por perto. Deixe-me entrar.

Kemp destacou a corrente e o coronel entrou pelo mínimo de abertura possível. Ao ver-se dentro Adye acompanhou com infinito alívio o cuidado com que Kemp fechava e corria novamente os ferrolhos.

— A carta foi arrancada das mãos dela — repetiu ele. — A pobre está apavorada. Ficou na polícia, com ataque histérico. *Ele* já anda por aqui. Que queria comigo?

Kemp explodiu uma praga.

— Que louco eu fui! Devia tê-lo previsto. De Hintondean até aqui o percurso a pé não exige mais de uma hora. Sim, ele já deve estar por aqui.

— Louco? Por que louco? — indagou o coronel.

— Venha cá — e levou o chefe de polícia ao seu gabinete, onde lhe mostrou a missiva do Homem Invisível. O coronel leu-a e arregalou os olhos.

— E então?

— Pois eu, depois de recebido isto, escrevi ao senhor o bilhete que mandei pela criada, no qual propunha que organizássemos cá uma emboscada para apanhá-lo, visto ser certo que ele viria me atacar. Veja que desastre. Avisei o inimigo!

O coronel não concordou.

— Ele vai mais é afastar-se daqui — sugeriu.

— Oh! Nunca. Eu sei quem é Griffin — contraveio Kemp.

Nesse momento, um estrépito de vidros quebrados chegou-lhes aos ouvidos. O coronel Adye entreviu o revólver a sair do bolso de Kemp.

— É na janela, numa janela de cima — murmurou Kemp e precipitou-se para a escada. Segundo estrépito igual ao primeiro estalou enquanto os dois homens ainda estavam na escada. Quando chegaram em cima, viram que duas das janelas do estúdio estavam escangalhadas, com o assoalho e a secretária cheios de cacos de vidro. Os dois homens entrepararam na soleira da porta, contemplando aquilo. Kemp soltou nova praga e, como resposta, o vidro da terceira vidraça rompeu-se furado de uma bala e novos fragmentos vieram ao chão.

— Que quer dizer isto? — murmurou o coronel.

— O começo — respondeu Kemp.

— Há jeito de alguém trepar a estas janelas?

— Nem gato.

— Pergunto porque não têm portadas, só vidraças...

— Embaixo todas as vidraças têm portadas de muito boa madeira e de muito bons ferrolhos. Olá!...

Novo estrondo embaixo e barulho de tábuas batidas com um instrumento de ferro.

— O diabo o leve! — gritou Kemp. — Deve ser num dos

quartos de dormir. Vai escangalhar a casa toda. Louco que é! As janelas estão bem trancadas e os estilhaços de vidro, caindo do lado de fora, vão cortar-lhe os pés. Louco...

Outra janela foi atacada. Os dois homens permaneciam no patamar, perplexos.

— Eu acabo com isso — murmurou o coronel, resolvendo-se. — Deixe-me ver um porrete qualquer. Vou à polícia e trago reforço e cães. Havemos de dar cabo dele.

Outra janela foi atacada.

— Tem um revólver? — indagou o coronel.

A mão de Kemp meteu-se no bolso, hesitante.

— Só tenho um — disse — e não posso me desfazer dele.

— Eu o devolverei — advertiu o coronel. — O senhor está seguro aqui dentro.

Envergonhado do seu momentâneo lapso, Kemp passou a arma ao coronel.

— Agora vou sair — disse este.

No *hall*, hesitaram um momento defronte da porta da rua ao ouvirem mais golpes de extrema violência desferidos numa das janelas. Por fim, Kemp correu os ferrolhos o mais mansamente possível e tirou a corrente do gancho. Estava mais pálido do que no habitual.

— Saia depressa, coronel — disse ele, abrindo.

Menos de um segundo depois, o coronel estava fora e a porta se fechava com fúria. Depois desceu firme e rígido os degraus da entrada, atravessou o gramado e aproximou-se do portão. Uma espécie de brisa perpassou pela grama. Qualquer coisa se movia do seu lado.

— Pare! — ordenou uma voz, e Adye entreparou de chofre, com os dedos crispados no cabo do revólver.

— Então? — murmurou o coronel, lívido e tenso de nervos.

— Faça o favor de voltar para dentro — ordenou a voz com império.

— Impossível — replicou Adye, com a energia retesada, passando a língua pelos lábios secos. A voz vinha da esquerda. Era caso de tentar um tiro.

— Que vai fazer? — continuou a voz, e houve um movimento de avanço de ambos. O sol rebrilhou em algo que ia saindo do bolso de Adye. Adye recolheu o revólver, indeciso.

— Que vou fazer? Isso só a mim interessa — respondeu lentamente, e a última palavra ainda vibrava no ar quando sentiu o pescoço colhido por um braço invisível ao mesmo tempo que um joelho na espinha o fazia tombar para trás. Mesmo assim, sacou o revólver e atirou às cegas, o que serviu para que fosse esmurrado na cara e tivesse o revólver arrancado das mãos. Fez um esforço para defender-se, exclamando: "Diabo!". A voz riu.

— Eu o mataria, se não fosse estragar uma bala — e o coronel vislumbrou o revólver pairando sozinho no ar, a seis pés de altura, apontado para seu peito.

— Rendo-me — disse Adye, sentando-se.

— Levante-se — ordenou a voz, e prosseguiu em tom decisivo: — Pare com a tolice de querer lutar. Lembre-se de que eu o vejo e não posso ser visto. Vai agora entrar de novo na casa.

— Ele não me deixará fazer isso — observou Adye.

— Lamento muito, porque meu ajuste é com ele, e não com o senhor — replicou a voz.

Adye passou de novo a língua pelos lábios secos. Levantou os olhos para o cano do revólver e viu ao longe, no trecho de mar muito azul, o rebrilho do sol; vislumbrou em torno de si o verde do gramado e na baixada o casario da cidade e compreendeu que viver vale a pena. Seus olhos pousaram no revólver suspenso no ar, entre o céu e a terra, entre a vida e a morte, a seis pés acima de sua cabeça. E murmurou vencido:

— Que é que tenho a fazer?

— O que tem a fazer? — repetiu a voz. — Salvar-se. A única coisa que tem a fazer é reentrar na casa.

— Vou experimentar. Se Kemp abrir-me a porta, o senhor promete que não tenta me seguir?

— Já disse que nada tenho com o senhor. Meu ajuste de contas é com ele.

Kemp havia subido ao belvedere, onde, pela vidraça espatifada, espiava cautelosamente a estranha cena do chefe de polícia a parlamentar com um ser invisível. "Por que será que não atira?", interrogava-se o médico. Depois, a um movimento do revólver que se denunciou num fugaz reflexo de sol, percebeu a arma em suspenso. Resguardando os olhos com a mão na testa, confirmou-se nessa ideia. "É isso. Adye já perdeu o revólver. Está ele no ar, quer dizer, na mão de Griffin..."

— Prometa não entrar atrás de mim — continuou a pedir o coronel. — Seja generoso. Não leve sua vitória a tais extremos. Dê a Kemp uma oportunidade.

— Retorne para a casa. Declaro de uma vez por todas que não prometo coisa nenhuma — respondeu a voz.

Adye tomou uma decisão capciosa. Voltou-se e fez-se de rumo para a vivenda com as mãos nas costas. Kemp ficou assombrado. O revólver desapareceu e reapareceu de novo, num rebrilho. Firmando a vista, Kemp verificou que a arma acompanhava o coronel, sempre de pontaria feita. Súbito, Adye deu uma volta rapidíssima e atirou um bote contra a arma. Errou e caiu de borco, enquanto uma fumacinha azul se erguia. Kemp não ouviu o tiro. Adye retesou-se, na tentativa de erguer-se sobre um braço, e aplastou-se, imóvel.

Por momentos, Kemp ficou a atentar na calma do coronel, sem compreender o que havia sucedido. Que estaria fazendo Griffin? Súbito, estremeceu. Recomeçavam as pancadas nas janelas de baixo.

Kemp hesitou por instantes, depois desceu. A casa reboava ao som dos pesados golpes de machado desferidos contra as folhas de uma janela. A madeira estava sendo despedaçada. Kemp tomou-se de terror. A armação da vidraça, de caixilhos de ferro, ainda resistia em alguns pontos. Súbito, o assalto interrompeu-se. O revólver ergueu-se do chão onde se achava e, suspenso no ar, apontou. Kemp mal teve tempo de coser-se a um canto. O tiro partiu e a bala veio esfuracar a parede na linha em que ele se encontrava um momento antes. Kemp fechou a porta daquela sala e ao fazer isso ouviu fora gritos e gargalhadas de Griffin. Logo depois os golpes de machado recomeçaram.

Kemp entreparou no corredor, tentando pensar. Um instante mais e Griffin estaria na cozinha, cuja porta de comunicação com o *hall* não poderia resistir por muito tempo. E então...

A campainha soou. Devia ser a polícia. Kemp correu a abrir, espiando primeiro cautelosamente. Era a criada, seguida de três soldados. Só depois de bem verificado isso é que desenganchou a corrente, e os três entraram de cambulhada.

— O Homem Invisível! — explicou o médico, retrancando a casa. — Está de revólver e já deu três tiros. Matou o coronel. Não viram o cadáver na grama?

— Quem? O coronel? — repetiu um dos policiais, assombrado.

— Sim, o coronel Adye — confirmou Kemp, e a criada explicou que nada tinham visto por terem entrado pelo portãozinho de serviço, dos fundos.

— Que barulhada é essa? — indagou o segundo policial, ouvindo os estrondos.

— É ele. Já deve estar na cozinha. Machadadas nas portas...

A casa fazia-se um inferno com o estrépito dos golpes que o Homem Invisível desfechava na porta da cozinha. Tomada de pânico, a criada abriu para a sala de jantar, enquanto o médico, atropeladamente, explicava aos soldados o que havia. Nisso a porta da cozinha começou a ceder.

— Por aqui! — gritou Kemp e empurrou os homens para a sala de jantar entrando em seguida. Lá dentro correu à lareira, murmurando: — O atiçador! — Era a única arma que existia ali. Kemp tomou-o e entregou-o a um dos policiais. O outro se armou com o atiçador da sala contígua.

Um momento de expectação. As machadadas haviam cessado.

— Oh! — exclamou um dos soldados, desviando o corpo e aparando com o atiçador um golpe de machado, de um machado que agia por si mesmo no ar. Errado o golpe, o machado repousou no assoalho e um revólver ergueu-se sozinho no espaço. Um estampido estalou, mas a seguir o revólver voou de onde estava, indo furar na parede um precioso quadro de Sidney Cooper. O segundo policial havia dado com seu atiçador no revólver aéreo, como quem dá numa vespa que paira.

Quando a criada viu o machado descer sobre a cabeça do primeiro soldado, desferiu um grito de horror e correu dali para a janela com intenção evidente de fugir.

O machado continuava em repouso e alguém ao seu lado arquejava.

— Não se mexam, vocês dois — murmurou uma voz. — O homem que procuro é Kemp.

— Mas nós procuramos a você — replicou o primeiro soldado avançando de atiçador erguido na direção da voz e desferindo um golpe. O Homem Invisível recuou a tempo, dando de encontro ao porta-chapéus. Desapontado com o insucesso do golpe, o policial hesitou uns instantes, e nesse intervalo o machado ergueu-se no ar e o colheu pela cabeça, fendendo o capacete como se fosse de papelão. E lá rolou ele por terra, embolado.

O segundo policial aproveitou o ensejo para visar acima do cabo do machado e desferiu um golpe que alcançou qualquer coisa mole. Seguiu-se um urro de dor e o machado caiu por terra. O policial repetiu o golpe, sem dessa vez alcançar coisa nenhuma. Firmou o pé em cima do machado e desferiu terceiro golpe, que novamente apanhou a coisa mole. Depois parou, em guarda, de ouvido atento aos menores rumores.

Percebeu que a janela da sala próxima se abria e alguém a saltava. O policial ferido sentou-se, com sangue a lhe correr pelas têmporas.

— Onde está ele? — perguntou.

— Não sei. Mas alcancei-o com dois golpes. Está por aqui ainda, a não ser que tenha escapado pela cozinha.— E chamou pelo médico: — Dr. Kemp! Dr. Kemp!...

O policial ferido ergueu-se com dificuldade, e nesse momento um som surdo de passos de pés nus fez-se ouvir descendo a escada da cozinha.

— Lá vai ele! — gritou o segundo soldado e arremessou na direção dos passos o ferro, que foi silvando bater de encontro a uma arandela de gás. Seu primeiro ímpeto foi de correr em perseguição do Homem Invisível. Mas entreparou, tomado de súbita decisão. — Dr. Kemp! — pôs-se a chamar por alguns momentos, e como não obtivesse resposta compreendeu tudo. — O dr. Kemp é um herói! — murmurou então para o companheiro.

A janela da sala de jantar estava aberta e na casa não havia sinal nem da criada nem do dr. Kemp.

CAPÍTULO XXVIII

O caçador caçado

Quando o assédio à casa do dr. Kemp teve início, o sr. Heelas, seu vizinho da vila fronteira, estava a dormir no solário envidraçado, um pavilhão destacado da vivenda e sito a um canto do jardim.

O sr. Heelas era um dos que absolutamente não admitiam qualquer veracidade naquela "ridícula história do Homem Invisível". Sua mulher, porém, como ele mesmo mais tarde frisou, acreditava, e muito, na existência e façanhas de tal ser. Apesar do terror que reinava na cidade e dos conselhos da polícia, o sr. Heelas insistiu em demonstrar seu desprezo pela crença geral saindo a passeio pelo jardim como se coisa nenhuma houvesse; depois foi repousar no solário, como era seu costume. Esteve a dormir durante todo o tempo do ataque às janelas do vizinho; mas ao acordar pressentiu qualquer anormalidade. Olhou para a casa de Kemp. Esfregou os olhos e olhou-a de novo. Em seguida, sentou-se na espreguiçadeira de vime, com os pés no chão, e ficou à escuta. Diabo! A casa parecia prédio abandonado de muito tempo. Nem um só vidro intacto nas janelas do andar térreo e as do belvedere tinham os estores descidos.

— Eu era capaz de jurar que tudo estava em ordem, deixe-me ver — e consultou o relógio — há vinte minutos atrás...

Ouviu, a seguir, rumores suspeitos dentro da casa em pandarecos e logo depois seus olhos se arregalaram e sua boca se entreabriu, quando percebeu movimento de duas pessoas na sala de jantar do dr. Kemp, duas pessoas que abriam precipitadamente uma janela. Surgiu a criada e o médico atrás a ajudá-la a pular para fora. A criada pulou para o jardim e sumiu-se atrás de umas moitas. Em seguida, quem pulou a janela foi o próprio dr. Kemp. Pulou para o jardim e desapareceu por detrás de uns arbustos, para logo mostrar-se mais adiante, agachado como quem procura esconder-se, e lá foi saltar também o muro. Vendo-se na estrada, deu de correr com extrema velocidade na direção da vila do sr. Heelas.

— Meu Deus! — exclamou o velho com a intuição do que sucedia. — É com certeza o Homem Invisível...

Para um indivíduo do temperamento do sr. Heelas, pensar era agir, e seu cozinheiro, lá da janela da cozinha, ficou espantado de vê-lo correr para a vivenda com velocidade pelo menos de nove milhas por hora. O sr. Heelas entrou de golpe, bateu à porta e tocou freneticamente a campainha, enquanto berrava como um touro:

— Fechem todas as portas e janelas! Fechem tudo! O Homem Invisível vem vindo!

A casa imediatamente encheu-se de gritos e correrias e barulhos de ferrolhos. O próprio sr. Heelas voou para fechar a janela dupla da varanda e, ao fazê-lo, viu surgir por cima do muro de seu jardim a cabeça, um braço e um joelho do dr. Kemp. Depois, viu-o saltar para dentro, bem em cima de uma leira de espargos, e vir de galope em sua direção por sobre o gramado de tênis.

— Não! Não! Aqui o senhor não entra! — gritou o sr. Heelas com as mãos no trinco. — Sinto muito, mas não posso deixá-lo entrar.

Kemp mostrou seu rosto aterrorizado junto aos vidros da varanda, cuja janela sacudiu com desespero, querendo entrar. Vendo que seus esforços eram inúteis, correu ao longo da varanda, dobrou a esquina e foi dar murros na porta lateral. Nada conseguindo, precipitou-se para o portão de saída e tomou pelo caminho da encosta. O sr. Heelas estava assombrado; viu Kemp atravessar sua leira de espargos, em fuga para o portão, e logo a seguir viu que a folhagem dos espargos era de novo apisoada por invisíveis pés. O Homem Invisível em perseguição de Kemp!... O sr. Heelas recolheu-se precipitadamente, e o resto da caçada ocorreu fora de seu campo visual.

Quando Kemp se viu na estrada da encosta, tomou naturalmente o lado em declive, de modo a repetir a mesma desabalada corrida de Marvel, que ele, do belvedere quatro dias antes, comentara tão desairosamente. E correu muito bem, para um homem destreinado em tais ginásticas. Seu rosto estava afogueado e lavado em suor; mas a calma interna não se alterara. Corria refletindo. Corria a largas pernadas e, sempre que divisava um trato coberto de pedras vivas ou de cacos de garrafas, pulava por cima, deixando ao seu perseguidor o cuidado de contornar o obstáculo.

Pela primeira vez em sua vida, Kemp notou que aquele caminho da encosta era extremamente comprido e deserto e que a cidade começava muito longe dali. Também se certificou de que não havia meio de locomoção mais atrasado que aquele de correr. Todas as vivendas que se espalhavam por aquele trecho estavam hermeticamente fechadas, e por sua própria sugestão. Pena que não conservassem vigias para um caso daqueles; Kemp havia esquecido de prever essa hipótese na proclamação que redigira para o coronel Adye. A cidade já se mostrava mais próxima, o mar já mais afastado. Havia gente lá embaixo que observava sua corrida. Um bonde chegou nesse momento ao ponto terminal da linha, no sopé da encosta. Mais para além ficava o posto policial. Que rumor era o que estava ouvindo atrás de si? Kemp respondeu a si próprio precipitando a velocidade da carreira. Sua respiração fazia ruído de serra.

Várias pessoas embaixo o olhavam surpresas. Duas adiantaram-se a seu encontro, a correr. O bonde crescia de vulto, cada vez mais perto, e Kemp pôde distinguir no Jolly Crickehaters o rumor de portas que se fechavam. Além do bonde havia umas pilhas de madeira e um monte de cascalho, obras de drenagem. Sua primeira ideia foi precipitar-se para dentro do bonde e fechar a porta. Depois lhe ocorreu rumar para a polícia. Quando passou pela frente do Jolly Cricketers, viu-se no começo da rua que dali partia e já rodeado de gente. O condutor do bonde e seu ajudante, espantados com a fúria daquela carreira, ficaram de boca aberta, segurando os animais desatrelados. Cabeças atônitas de cavouqueiros surgiram detrás dos montes de cascalho.

A corrida de Kemp arrefecera um bocado, o que o fez ouvir mais perto os sons dos passos do seu perseguidor.

— O Homem Invisível! — gritou ele para os cavouqueiros atônitos, com um vago gesto indicativo do que vinha atrás, e num relance de inspiração pulou para dentro da escavação, pondo assim aqueles homens entre ele e o invisível Griffin. Depois, abandonando a ideia de ir abrigar-se na polícia, quebrou a esquina da rua próxima, hesitou por uma fração de segundo à porta de um verdureiro e tomou por uma travessa que ia ter outra vez à Hill Street, o caminho por onde viera já transformado em rua urbana. Crianças que estavam brincando por ali espalharam-se aos gritos, fazendo com que portas e janelas se abrissem com mães aflitas a chamarem--nas para dentro. Kemp ressurgiu na Hill Street, a uns trezentos metros do terminal da linha de bondes, onde viu armado um rolo medonho.

Um alentado cavouqueiro destacou-se do grupo e a praguejar correu atrás de qualquer coisa, vibrando no espaço violentos golpes com uma pá. Logo depois vinha o condutor do bonde com os punhos cerrados. Outros homens correram na mesma direção também esgrimindo o espaço e soltando gritos. Abaixo, na cidade, crescia de vulto o amotinamento do povo já ciente da luta. Um homem irrompeu de uma venda, de pau na mão. "Cuidado! Cuidado!", gritava alguém. Kemp viu que a situação tinha mudado. Parou, arquejante, e gritou para os que vinham perto: — Ele está aqui! Barrem--lhe a passagem!

Nesse momento, foi alcançado no pé do ouvido por tremenda bofetada que o fez regirar sobre si mesmo. Kemp vacilou mas não caiu e respondeu com um inútil soco no ar. Outro golpe, agora um murro, alcançou-o no queixo e o pôs a nocaute. Um joelho invisível dobrou-se sobre seu peito e um par de mãos, também invisíveis, agarraram-no furiosamente pelo gasnete. Kemp pôde notar que a pressão de uma das manoplas era mais fraca que a da outra. Agarrou-se desesperadamente aos pulsos daquelas manoplas, ouviu um grito de dor do assaltante e vislumbrou a pá do cavouqueiro descer terrível sobre si, detendo-se a meio caminho, obstada por um corpo invisível. Sentiu no rosto uma umidade quente. As manoplas que o estrangulavam afrouxaram de pressão. De um arranco pôde safar-se delas e agarrar uns ombros invisíveis.

— Agarrei-o! — gritou Kemp. — Acudam todos! Segurem-no! Está por terra! Agarrem-lhe os pés!...

O rolo formou-se de novo ali e tão embolado que um passante à distância juraria tratar-se de alguma feroz partida de rugby. Não houve mais gritos depois dos de Kemp. Cinicamente, pancadaria cega e um respirar ofegante.

Num supremo esforço, o Homem Invisível pôs-se de pé, com Kemp agarrado a si como o buldogue à presa, e vinte mãos o manietaram. Um grito soou: "Misericórdia!", que morreu num som engasgado de asfixia.

— Para trás! — gritou Kemp, enérgico, fazendo que todos recuassem. Ele está ferido e entregue. Basta!...

Houve um jogo de empurra para ver — para ver o Invisível por terra, e o que viram foi o dr. Kemp ajoelhado no ar, a dois palmos de altura, segurando dois braços invisíveis de encontro ao chão. Atrás dele, um policial agarrava dois pés também invisíveis.

— Não o larguem! — gritou o cavouqueiro com a pá erguida. — Está fingindo!

— Não está fingindo, não — disse o médico, movendo-se cauteloso e tirando o joelho de cima do corpo invisível. Kemp tinha o rosto escoriado e a boca em sangue, o que lhe tornava a fala diferente. Largou um dos braços que prendia ao chão e correu os dedos pelo rosto invisível. — Está molhado — disse. Depois exclamou: — Meu Deus! — e pôs-se de pé bruscamente. Não esteve assim muito tempo. Voltou a ajoelhar-se ao lado do corpo invisível.

A multidão aumentava. De todos lados acudia gente a correr. As casas começavam a abrir-se. As portas do Jolly Cricketers escancararam-se.

Kemp, de joelhos, pairava a mão no ar, como para sentir qualquer coisa.

— Já não respira mais — disse. — O coração parou de bater...

Uma velha, que espiava por sob o braço do cavouqueiro, gritou de repente:

— Olhem! — e apontou com o dedo.

Todos olharam e viram no ponto indicado o vago delinear-se de uma mão, ainda transparente como se fosse de vidro, com as veias, as artérias e os ossos a se acentuarem. Tornou-se rapidamente translúcida e depois opaca, como uma mão normal.

— Olá! — gritou um policial. — Os pés estão apacendo!...

E assim, lentamente, começando pelas mãos e pelos pés e subindo pelos membros acima até as partes mais vitais do corpo, a estranha mudança da invisibilidade para a visibilidade se operava, como um lento espraiar-se de veneno. A princípio apareceram veias brancas, traçando um enredado difuso ao longo do corpo; depois apareceu, lenta e lenta, a carne, como uma nebulosa que ganha densidade e formas definidas. Finalmente emergiram os ombros amassados a golpes de pá e a cabeça ferida, com o rosto em horrível esgar.

Quando o ajuntamento permitiu que Kemp se erguesse, viu ele a seus pés o cadáver nu de um moço de trinta anos.

Os cabelos e as sobrancelhas eram brancos, não o branco da velhice, mas o branco próprio do albinismo, e os olhos, acentuadamente vermelhos. As mãos estavam crispadas. A expressão que a morte lhe fixara no rosto era de cólera e desespero.

— Cubram-lhe a cabeça! — gritou uma voz. — Pelo amor de Deus, cubram essa cara...

Alguém trouxe do Jolly Cricketers um lençol. O corpo foi coberto e transportado para o albergue. E lá ficou na sala escura, sobre um velho sofá, rodeado daquele povo bruto e superexcitado, traído e sem inspirar simpatia a ninguém, aquele Griffin, o primeiro homem que conseguiu fazer-se invisível.

Griffin, o mais genial de todos os físicos que o mundo ainda produziu, vítima do desastroso desenlace da sua estranha e terrível aventura.

Epílogo

Assim termina a história da extraordinária experiência do Homem Invisível. Se o leitor quiser mais detalhes, que vá a uma pequena taverna dos arredores de Port Stowe e converse com o proprietário. A tabuleta dessa taverna é um quadro sem nada, com um chapéu em cima e umas botas embaixo, com êste título — Ao *homem invisível.* O proprietário é um sujeito gordo e retaco, nariz batatudo, cabelos arrepiados e faces coradas. Bebe liberalmente e com igual liberalidade contará a quem o pedir a estranha aventura que lhe aconteceu e de como a justiça tentou arrancar-lhe um tesouro aparecido em seu bolso.

— Quando os homens da lei viram que não podiam provar de quem era o ouro que estava comigo — explicava ele —, fiquei com medo que quisessem provar que eu era descobridor de tesouros. Tenho lá cara de descobridor de tesouros? E depois um cavalheiro do Empire Music Hall pagou-me à razão de um guinéu por noite para contar ao público, por mim mesmo, a história toda, sem esquecer uma palavra.

E se alguém quiser interromper sua verborragia, basta que lhe pergunte pelo destino dos três livros manuscritos que figuram na história.

— Pelo amor de Deus! — responderá ele. — Não sei! O Homem Invisível os tomou e os escondeu não sei onde em

Port Stowe. Foi o sr. Kemp quem meteu na cabeça do povo que fiquei com tais livros.

Diz isso e cala-se, olhando para os lados furtivamente, limpando o vidro dos óculos, e trata de sumir-se para os fundos do bar.

Êsse homem é celibatário, sempre o foi e sempre o será. Mulher não entra em sua casa. Já agora usa botões no casaco em vez de barbante, mas internamente, em matéria de suspensórios, por exemplo, ainda está no regime da tira de pano. Conduz sua taverna com muita dignidade. Seus movimentos são morosos e solenes, dando a ideia de um grande pensador. Goza de reputação em certas rodas como prudente, parcimonioso e, sobretudo, como conhecedor emérito de todas as estradas do sul da Inglaterra.

Nos domingos, pela manhã, e isso durante o ano inteiro, a taverna se fecha ao público. O homenzinho vai então para o *parlour* com uma garrafa de gim diluída em três pingos d'água e depois de a colocar com um copo sobre a mesa fecha as portas e examina muito bem os estores a ver que não fique nenhuma fresta. Satisfeito com a certeza da sua absoluta reclusão do mundo, abre uma gaveta do étagère, que sempre traz a sete chaves, tira uma caixa e, desta caixa, tira três livros encadernados em couro, os quais depõe solenemente sobre a mesa. As capas dos livros estão rustidas e emboloradas, o que aconteceu em vista do tempo que passaram enterrados num quintal. O senhor taverneiro senta-se a uma poltrona, acende o cachimbo e põe-se a estudar o mistério ali escrito.

Seus sobrolhos cerrados denunciam a concentração do espírito e seus lábios movem-se com dificuldade.

— Xis, um doizinho em cima, cruz, traço, B... Meu Deus, que homem! Que cabeça tinha aquele homem!...

Depois recosta-se no espaldar e descansa vendo a fumaça do cachimbo evolar-se em rolos para o teto.

— Cheio de segredos, ele disse! Espantosos segredos!...

Tira nova baforada, engole um trago de ginm e conclui:

— Um dia hei de aprender a ler esta língua de segredos e então... Oh, meu Deus! Então não farei como êle. Eu...

E o homem boia num mar dos sonhos, e sonha o mais maravilhoso sonho da sua vida. E, embora Kemp tenha feito de tudo para descobrir os três livros, ninguém saberá nunca que é ali naquela gaveta que estão os livros mágicos com o segredo da invisibilidade, e muitos outros segredos. Ninguém os terá jamais, enquanto o sr. Marvel for vivo...

Impressão e Acabamento
Gráfica Oceano